KB121188

이것이 삶이다

이것이 법이다 22

2017년 5월 2일 초판 1쇄 인쇄
2017년 5월 10일 초판 1쇄 발행

지은이 자카예프
발행인 이종주

기획 팀 이기헌 송윤성 왕소현
책임 편집 최전경

발행처 (주)로크미디어
출판등록 2003년 3월 24일
주소 서울시 마포구 성암로 330 DMC첨단산업센터 3층 314호
Tel (02)3273-5135 **Fax** (02)3273-5134
홈페이지 rokmedia.com **E-mail** rokmedia@empas.com

ⓒ 자카예프, 2015

값 8,000원

ISBN 979-11-6130-243-0 (22권)
ISBN 979-11-255-9575-5 04810 (세트)

이것이 법이다

22

자카예프 장편소설

로크미디어

CONTENTS

너를 위한 감방?

"일단은 감금했다는 증거가 필요합니다."

상대방이 포기하지 않기로 한 이상 그들을 완전하게 몰아내기 전에는 피해자들의 안전을 확신할 수는 없다. 그냥 '이제 다 구했으니 모릅니다.' 하고 물러나면 그 후에 벌어질 비극적인 사태를 방관하는 것밖에 되지 않는다.

"하지만 힘들지 않겠나?"

송정한은 고민스럽게 물었다.

"일단 종교 합숙 시설이라는 게 공식적으로는 외부에 드러난 형태란 말이지."

"그렇지요."

"더군다나 감시할 때 딱 붙어 다니는 것도 아니고……."

그들은 절대로 바짝 붙어서 다니지 않았다. 어느 정도 거리를 두면서 감시했다. 바짝 붙어서 감시하고 다니면 나중에 문제가 될 수도 있다는 것을 알고 있었던 것이다. 그래서 사실상 감시는 좀 느슨하게 하되 가족이라는 인질을 잡고 있었다.

　'문제는 그건 말 그대로 증거가 없다는 건데.'

　상대방의 주소를 알고 있다는 것이 위협의 증거가 되지는 못한다. 그쪽에서 그렇게 주장하면 증거가 없는 이 상황에서는 마땅한 방법이 없다.

　"방법을 바꾸면 되죠."

　"방법을 바꿔?"

　"네, 이들은 피해자이지만 피해자가 아니기도 하죠."

　"무슨 소리인가?"

　"이 사람들은 어찌 되었건 범죄자로서 가담한 거니까요."

　"으응?"

　"칼기 폭파 사건 생각나십니까?"

　"알지. 그걸 모를 수가 있나?"

　칼기 폭파 사건은 1987년 대한한공 858기가 김현희를 비롯한 북한 공작원들에 의해 폭파된 사건으로, 북한이 88 서울 올림픽을 방해하기 위해 벌인 일이었다.

　"그 당시 한국에서는 한편으로는 김현희에 대한 동정 여론이 생겼죠."

　"그랬지."

정부에서 노린 건지, 아니면 단순히 김현희가 그 당시 뛰어난 미모를 자랑하고 있어서 그런지 모르지만 북한과 김현희를 탓하는 한편 김현희를 불쌍하다고 여기는 사람은 상당수 있었다.

"그거랑 무슨 관계가 있다는 건가? 이번 사건하고 전혀 상관이 없는데."

"무슨 관계냐면요."

노형진은 송정한에게 귀에 대고 뭐라고 소곤거렸다. 그러자 송정한은 그 말을 듣고는 묘한 표정이 되었다.

"그건 생각도 못 한 일인데?"

"그렇지요? 저도 몰랐습니다. 그런데 그들과 면담을 하다 보니 공통점이 있더군요."

그건 다름 아닌 그들이 소위 말하는 제사를 지내고 난 후에 그녀들을 바깥으로 나가지 못하게 했다는 것.

어찌 보면 당연한 일이다. 그들에게 도움을 청하지 못하도록 해야 하니 최대한 접촉을 막았을 것이다.

"그래서 이런 작전을 구상한 건가?"

"네, 결국 세상은 미녀들에게는 우호적일 수밖에 없으니까요."

"확실히 그렇기는 하지. 미녀들은 재판을 해도 형량이 줄어드는 경향이 있으니 자네 말이 맞아."

송정한은 조용히 노형진을 바라보다가 고개를 흔들었다.

'나는 전혀 생각도 못 할 작전이군.'

아니, 송정한뿐만 아니라 대부분의 변호사들은 전혀 생각도 못 할 작전이었다. 하지만 이 작전은 상대방이 전혀 빠져나갈 수 없는 식으로 돌아갈 수밖에 없었다.

"좋네."

송정한은 고개를 끄덕거렸다. 자신들이 할 수 있는 최선의 행동이라면 그걸 거부할 이유가 없다.

"바로 시작하지."

"그럼 그분들을 만나서 다음 작전을 실행해야겠네요. 후후후."

그렇게 노형진은 하나씩 일을 진행하기 시작했다.

⚖️

"여보세요."

김새벽 기자는 심드렁하게 전화를 받았다가 벌떡 일어났다.

"아이고, 노 변호사님, 어쩐 일로 전화를 다."

그는 작년에 노형진이 건네준 정보 덕분에 제법 큰 건수를 잡을 수 있었다. 그 덕분에 두둑하게 보너스도 받았고 말이다. 그래서 노형진의 목소리가 무척이나 반가웠다. 짧은 시간이지만 노형진이 쓸데없이 자신을 부르는 타입이 아니라는 것을 알아차린 덕분이다.

"그냥 특종을 하나 드릴까 해서요."

"특종?"

"네."

"무슨 특종이죠? 정치적인 건가요?"

"정치적인 건 아니고 말이죠. 이번에 사이비 종교 단체에서 빠져나온 분들이 계신데, 그분들이 재미있는 이야기를 하더군요."

"재미있는 이야기요?"

"네, 그곳에서 사람들을 강제로 끌고 왔답니다. 그 후에는 어떻게 되었는지 자기들은 모르고요."

김새벽 기자는 등골이 오싹해졌다.

"그게 무슨 말이죠?"

"말 그대로입니다. 그분들의 말로는……."

노형진은 차근차근 설명해 줬다.

피해자들의 증언에 의하면 자신들을 협박해서 사람들을 꼬시게 만들은 후에 강제로 제사를 지낸답시고 돈을 빼앗은 다음에 사람들을 데리고 나갔다. 그런데 그 후에 어떻게 되었는지는 자신들도 모른다는 것이다.

"그럼…… 그 말은……."

김 새벽 기자는 머리를 엄청나게 굴리기 시작했다.

'이건 못해도 중박, 제대로 터지면 대박이다.'

사이비 종교. 그것도 강제로 돈을 빼앗는 사이비 종교라면 이슈를 타기에는 적당하다. 그런데 거기에 진짜로 다른 무언가가 있다면 대한민국은 다시 한 번 뒤집힐 것이라는 것을 그는 알 수 있었다.

"엄청나게…… 많네요?"

한세은은 걱정스러운 얼굴로 차 바깥을 바라보았다.

"아무래도 이런 일은 무척이나 드무니까요. 우리나라는 무척이나 외모지상주의가 심합니다. 그런 상황에서 무려 열한 명이나 되는 아가씨들이 사이비 종교 단체를 탈출해서 혹시 있을지 모르는 대단위 납치 사건에 대해 고발한다? 관심을 안 가지면 기자가 아니겠지요."

노형진은 피식 웃으면서 말했다.

"그렇게 되면 그 녀석들이 아무리 날고뛰어도 벗어나기는 힘들 겁니다."

노형진의 계획은 간단했다. 그 종교 단체 녀석들은 납치나 감금으로 신고하는 것이다. 다만 피해자인 여성이 아니라 다른 피해자인 돈을 빼앗긴 사람들에 대해서 말이다.

"여러분들을 신고하면 여러 가지 문제가 생깁니다. 일단 증거가 필요해지지요. 하지만 저 녀석들은 증거를 남기지 않았습니다. 철저하게 관리했더군요."

이것이 법이다

"네…… 들었어요."

언제나 움직일 때는 거리를 두고 움직여서 함께 감시한다는 느낌이 들지 않게 했고 가족들의 용태를 수시로 확인해서 그들이 이사를 가지 않았다는 것도 확인했다.

"그 녀석들도 여러분들이 탈출할 가능성을 열어 둔 겁니다."

탈출해서 신고하면 문제가 된다. 그러니 그들로서는 그 후에 문제가 되지 않기 위해 조심스럽게 관리할 수밖에 없다.

"하지만 돈을 빼앗아야 하는 상대방은 어차피 안 볼 사람들이니까 관심이 없죠."

그들은 나중에 신고할지도 모르지만 대부분의 경우 신고하지 않는다. 위험부담을 감수하기 싫어할 테니까.

"그래서 그들을 대신해서 고소가 아닌 고발을 넣는다."

"네."

고소는 자신이 피해자이니 이 사건에 대해 수사해 달라고 요청하는 것이다. 그 경우 고소하는 사람이 증거를 제출해야 한다.

하지만 고발은 이러한 사건이 벌어지고 있으므로 수사해 달라고 요청하는 것이다. 이 경우 고발하는 사람들이 당사자가 아니기 때문에 관련 증거를 제출할 책임이 없다.

'도리어 내부에서 탈출한 사람들이기 때문에 스스로가 증인이 될 수 있지.'

그들은 당사자가 아니다. 그렇기 때문에 그들의 말은 증언이 된다. 피해자가 아니기 때문에 객관성이 인정되는 것이다.

'내가 노리는 게 그거고 말이야.'

감금되었던 것에 대한 고소 고발을 하게 된다면 상대방은 당연히 어떤 변명이든 할 것이다. 하지만 여기 있는 사람들은 제사를 목적으로 사람들을 모두 꼬셔 왔다. 당연히 그 사건에 대해서 기억하고 있고 그 사건을 내부 고발자 자격으로 고발하는 것이다.

"자, 그럼 기자들이 기다리니까 들어가 볼까요?"

노형진의 말에 한세은은 노형진의 손을 꼭 잡았다.

"이렇게 하면 진짜로 우리 가족들이 안전해질까요?"

"그럴 겁니다. 그럴 수밖에 없습니다."

"어째서요?"

"제가 소장에다가 장난을 좀 쳐 놨거든요."

"장난?"

"네, 기대하셔도 좋습니다. 저 녀석들은 절대로 못 벗어납니다. 후후후."

한세은은 고개를 끄덕거렸다. 그리고 천천히 차에서 내려서 검찰청으로 다가갔다.

⚖

"저기다!"

김새벽 기자는 이제나저제나 오는 걸 기다리다가 차가 다가오는 것을 발견했다.

그 차량은 검찰청 앞에서 잠시 멈춰 있는 듯하더니 천천히 문이 열리면서 노형진이 가장 먼저 내렸고, 그 후에 한 여자가 내렸다. 그리고 다른 차량에서도 몇몇의 아가씨들이 내렸다.

"저 사람들이다!"

우르르 몰려드는 기자들. 그리고 터지는 플래시.

'이렇지……. 쯧쯧.'

노형진은 혀를 끌끌 찼다.

벌써 내부 고발자들이 아름다운 20대 여성이라는 이유만으로 기자들은 우호적인 분위기가 넘치고 있었다.

"무슨 일이신가요?"

"신흥 종교의 범죄 사실에 대해서 내부 고발이라고 하던데요. 그 말이 사실입니까?"

"집단 탈출을 하게 된 경위가 뭡니까?"

너도나도 카메라와 마이크를 들이미는 기자들.

노형진은 그들을 가로막으면서 검찰청으로 다가갔다.

경호원들 역시 기자들의 접근을 막으면서 그곳으로 들어갔고 잠시 후 아가씨들이 들어가고 나자 노형진은 홀로 남아서 기자들을 대응했다.

"그럼 오늘은 고소하러 오신 겁니까?"

"고소가 아니라 고발입니다."

"고발?"

"네."

몇몇 사람들은 그게 무슨 차이인가 하는 얼굴이 되었다. 대부분의 사람들은 고소와 고발의 차이를 잘 알지 못하기 때문이다.

"이분들은 자신들의 안위를 걱정하는 게 아닙니다. 이분들이 걱정하는 것은 다름 아닌 그 당시 강제로 끌려오신 분들의 안위입니다."

"강제로 끌려오신 분들요?"

"네, 그분들은 제사라는 명목으로 끌려온 후에 다시 나가셨다고 하는데 그 후에 연락된 분이 한 분도 안 계신답니다."

"그 말이 무슨 뜻이죠?"

"말 그대로입니다. 그분들이 나가고 나서 추후 연락했지만 연락이 되신 분이 없다는 거죠."

사람들은 웅성거리기 시작했다. 노형진은 피식 웃었지만.

'그래, 소설 좀 잘 써 달라고, 기자 양반들.'

사실 연락되는 게 이상한 거다. 상식적으로 그런 곳에 끌려가서 돈을 뜯긴 사람이 다시 연락을 받을 리 없지 않은가? 그건 상식이다.

'하지만 사람들의 상상력은 다르게 작용하지.'

돈 때문에 종교를 사칭해서 사람들을 강제로 끌고 온 녀석들이다. 과연 그들이 무슨 짓을 할지는 아무도 모르는 것이다.

이것이법이다

당연히 기자들은 온갖 소설을 써 댈 것이다. 실종되었다는 둥 어디로 갔는지 모른다는 둥 나라 치안이 개판이라는 둥……

"그래서 이분들은 그분들의 안전을 위해서 탈출을 결심하기로 했습니다. 그분들이 연락이 안 되는 이상 그분들의 상태를 확인해야 하니까요."

노형진은 천연덕스럽게 거짓말을 했다. 그리고 미리 이야기를 맞춰 둔 김새벽 기자가 그에게 예정된 질문을 던졌다.

"그럼 그분들은 실종 상태라는 건가요?"

"일단은…… 그렇게 볼 수도 있지요. 우리는 그분들에 관해 알 수가 없으니까요."

"이럴 수가!"

"그 숫자가 얼마나 된답니까?"

"수백 명이랍니다. 그중 얼마나 나갔고 얼마나 사라졌는지는 알 수가 없지요."

기자들이 웅성거리는 사이 노형진은 몸을 돌렸다.

"인터뷰는 여기까지 하겠습니다."

"잠시만요!"

"그러면 실종자에 대한 수색은 어떻게 되어 가는 겁니까!"

"연락처를 받은 게 있습니까?"

"전화 연락은요!"

기자들은 실종이라는 단어가 노형진이 던진 떡밥이라는 사실을 깨닫지 못하고 고래고래 소리를 지르면서 달려들었다.

"인터뷰는 여기까지입니다. 이 순간부터는 수사 대상이기 때문에 말씀드릴 수가 없습니다."

하지만 경호원들과 경찰들이 가로막으면서 더 이상 질문할 수가 없었다. 그리고 그건 그들의 창작 욕구를 마구 불러 일으키기 시작했다.

⚖

"집단 실종의 전조라……. 캬…… 역시 기사가 아니라 소설을 썼네. 이 사람은 기자보다는 소설가가 더 적성에 맞을 것 같은데?"

노형진은 뉴스를 보면서 피식 웃었다. 언론마다 대서특필은 아니더라도 제법 비중 있게 다루는 뉴스가 바로 어제 있던 일이었다.

경찰에서는 현재 수사 중이며 관련된 사람들에 대해서 아직 연락되지 않았다고 한다……. 이에 전국실종자협회에서는…….

노형진은 기사를 보면서 피식 웃었다.

"당연한 소리지."

당연하다. 어제 점심때 고발을 넣었는데 오늘 아침까지 수사가 진행되어 봐야 얼마나 진행되겠는가? 아무리 빨라 봐야 오늘쯤에야 배당 부서가 나왔을 것이다.

　그런데 언론에서는 마치 사람들이 실종된 것처럼 절묘하게 말장난을 하고 있었다.

　"이거 일이 너무 커진 거 아냐?"

　"아니에요. 어차피 언론에서 이런 말장난을 하는 게 일상인데요, 뭐."

　"그거야 그렇지만……. 그래도 우리 의뢰인들이 피해를 입지 않을까 걱정일세."

　송정한의 말에 노형진은 피식 웃었다.

　"그럴 일은 없습니다."

　"응?"

　"설마 진짜로 실종됐을 거라 생각하세요?"

　"아니라는 건가?"

　"네, 아니죠. 그 녀석들은 돈이 목적입니다. 만일 사람을 납치해서 장기를 팔아먹으려고 했다면 더 드러나지 않는 방법도 있습니다."

　"그건 그렇지."

　그렇게 드러나게 한다는 것은 적당하게 그리고 지속적으로 돈을 뜯어내고자 한다는 뜻이다.

　"아마 실종자는 없을 겁니다. 연락처가 있으니 조만간 연락하면 다 나오겠지요."

　"그렇겠지?"

"네."

송정한이 걱정하는 것은 그것이다. 진짜로 실종자가 있을 수 있다는 것. 그렇게 되면 고발한 사람들이 까딱 잘못하면 살인의 종범이 될 수도 있다.

"그 부분은 걱정 안 하셔도 될 겁니다. 아시다시피 진짜 실종과 살인이 있다고 해도 피해자들은 강제로 한 일이라 그 책임이 약해질 겁니다. 하물며 진짜로 실종자가 없다면 그 책임은 엄청나게 약해질 수밖에 없지요."

"그렇겠지?"

"네, 그리고 이렇게 작게 턴 걸 봐서는 아마 실종자는 없을 겁니다."

송정한은 우려 섞인 표정으로 고개를 끄덕거릴 수밖에 없었다.

⚖️

"아오, 진짜 아니라니까요."

도길환은 돌아 버릴 지경이었다. 자신들이 강제로 돈을 빼앗기는 했지만 납치 감금 및 살인 혐의라니.

"그럼 다른 사람들이 왜 연락이 안 되는데?"

"나야 모르죠."

"돈 안 준다고 죽인 거 아냐!"

"아닙니다! 아니에요!"

도길환은 억울해서 죽을 맛이었다.

자신이 돈을 빼앗기는 했지만 그렇다고 사람을 죽이거나 해부해서 장기를 판 적은 없다. 그런데 인터넷에서는 자신은 수백 명을 납치해서 장기를 내다 판 놈이라고 엄청나게 씹어 대고 있었다.

"아니기는 뭐가 아니야? 뭐? 종교인? 장난쳐? 전과가 8범이 넘어가는 종교인이 어디 있어!"

"그게……."

"폭행에 사기에 재물 손괴에."

"물론 그건 제가 했지만……. 아무리 그래도 사람을 죽여서 장기를 내다 팔다니요! 그럴 리 없지 않습니까?"

"도둑놈이 도둑질했다고 말하는 거 봤어?"

"네, 빼앗았습니다. 강제로 돈 빼앗은 거 인정해요. 하지만 사람을 죽였다니요. 말도 안 됩니다."

"그런데 왜 사람들이 연락이 안 되는데?"

"저야 모르죠."

제사를 지낼 때는 간략한 자기 정보를 적기 마련이다. 그래서 그중 몇 군데에 전화해 봤는데 받은 사람이 없었기 때문에 분위기는 차갑다 못해서 살벌하기까지 했다.

"이 새끼가 진짜."

경찰이 막 뭐라고 하려는 찰나였다.

"김 형사님, 한 명 찾았습니다."

"찾았다고?"

"네."

"누군데?"

"여기서 강탈당한 사람이랍니다. 당장 오겠다는데요?"

드디어 한 명을 찾았다는 사실에 경찰도, 도길환도 얼굴이 환해졌다. 드디어 연락된 사람이 나타난 것이다.

그리고 잠시 후 경찰서 안에 들어온 남자는 도길환을 보자마자 달려와서는 그의 멱살을 잡아 올렸다.

"이 쌍놈의 새끼!"

"자자, 진정하시고."

"진정하게 생겼어요? 이 녀석한테 50만 원이나 뜯겼습니다."

식식거리면서 분노를 감추지 못하는 남자.

"도대체 어떻게 된 겁니까?"

"그러니까 어떻게 된 거냐면……."

남자는 자신에게 벌어진 일을 진술하기 시작했다.

젊고 예쁜 여자를 이용해서 접근하더니 헬레레하는 사이에 어느 틈엔가 험악한 남자들로 자신을 에워쌌다. 그 후에 제사를 지내지 않으면 안 좋은 일이 생긴다면서 겁을 주면서 반강제적으로 끌고 가서 제사를 지내게 했다는 것이다.

"그런데 왜 신고를 안 하셨어요?"

"안 하기는요. 했죠."

물론 안 한 사람도 있다. 위협받아서 두렵거나 상대적으로 얼마 안 되는 돈 때문에 경찰서에 왔다 갔다 하기 귀찮은 사람들. 그들은 안 한다.

그리고 이들 역시 그걸 알기에 적당히 포기할 수 있는 수준만 받아 내는 게 보통이었다. 하지만 남자는 했다.

"그런데 지금 몇 달째 연락이 안 왔어요. 얼마 전에 전화했더니 당사자를 못 찾아서 영구 미제로 넘어갔다는데, 장난합니까? 경찰이 제대로 일을 했어야지요."

담당 경찰은 한숨이 나왔다.

'아오, 쌍······. 망할 새끼들.'

자신은 관할이 다르기는 하지만 대충 상황을 알 것 같았다. 이런 50만 원짜리 사건은 해결해 봐야 인사고과에 도움이 되지 않으니 그냥 제대로 수사도 안 하고 뭉그적거리다가 미제로 넘겨 버린 것이다.

'나 같아도 그럴 것 같기는 한데······.'

거기는 부촌이 가까운 유흥가이기 때문에 작게는 수백만 원짜리부터 크게는 수천만 원짜리 사건이 즐비하다. 그런데 고작 50만 원짜리 사건을 해결하겠다고 발로 뛸 경찰이 있을 리 없다.

'염병······ 일 안 하고 놀아 재낀 건 그 새끼들인데 왜 욕은 우리가 먹는 거야?'

부촌이 가까운 데다가 유흥가다 보니 그곳에서 들어오는

상납금 역시 적은 게 아니다. 그렇다 보니 그곳에 배치된 경찰들은 그 상납금으로 편하게 지낸다.

오죽하면 거기서 근무하면서 3년 안에 아파트 하나 못 사면 병신이라는 소리를 들을 정도로 꿈의 구역인 곳이다. 그런 곳에서 50만 원짜리 사건이라니.

"자자, 진정하시고."

어찌 되었건 수사를 안 한 것은 자신들의 잘못이기 때문에 김 형사는 노발대발하는 피해자를 진정시켰다.

따르릉.

때마침 울리는 전화기 소리. 김 형사는 재빨리 전화를 받았다.

"강력계 3팀입니다."

―부재중 전화가 있어서요. 무슨 일이시죠?

"아, 성함이?"

―조두식요.

"아, 조두식 씨. 다름이 아니라…….."

그는 명단을 확보하고 전화했는데 부재중 전화가 뜨자 누군가 연락한 것이다.

김 형사는 그에게 사정을 설명했다. 그러자 잠시 후 전화기 너머로 한숨이 흘러나왔다.

―그거 돌려받을 수 있을까요?

"얼마나 뜯기셨는데요?"

-40만 원요.

"신고는요?"

-그거 신고해 봐야 못 잡는다고 하기에 포기했어요.

'아, 망할…….'

또다시 깨질 거리가 생겼다는 말에 김 형사는 한숨이 나왔다.

"일단은 잡혔고 자백도 했으니까 받을 수 있을 거예요."

-살았다. 저 백수거든요. 안 그래도 그 돈 없어서 죽을 맛
이었는데 바로 경찰서로 갈게요.

그는 바로 출발한다는 말만 남기고는 전화를 끊었다.

"일단 두 사람은 찾았는데……."

"거봐요. 사람 안 죽었다니까요."

"인적 사항이 어디 한두 개인 줄 알아? 그리고 인적 사항
도 안 남긴 사람들도 있다면서?"

"……."

"하여간 너 이 새끼들은 진짜."

그와 동시에 울리는 전화기들. 그의 전화기뿐만 아니라 사
방에서 울리기 시작했다.

"뭐야?"

"부재중 전화에 대한 답신이 오는 모양입니다."

"끄응…… 오늘 하루는 더럽게 바쁘겠군."

쉴 틈 없이 울리는 전화기를 보면서 김 형사는 고개를 절
레절레 흔들었다.

"기가 막히는군. 진짜 자네 말대로 되었군그래."

"하하하, 제가 언제 틀린 말 했습니까?"

노형진의 함정에 빠진 그들은 어쩔 수 없이 자신의 죄를 자백할 수밖에 없었다. 내부 고발한 피해자들이 연락이 안 된다고 실종을 의심해서 고발하자 경찰에 끌려간 그들은 수백 명에 대한 실종 의심을 받기 시작했기에 그 실종에 대한 혐의를 벗기 위해서는 그들에 대한 신상을 경찰에 넘겨주는 수밖에 없었던 것이다.

그리고 그렇게 확인된 사람들이 선택하는 것은 하나뿐이었다.

"아마도 수백 건의 감금과 갈취 혐의가 나올 겁니다. 이 정도면 실형이 나올 수밖에 없지요."

"그렇지."

아무리 소액이라고 하지만 피해자가 수백 명을 넘어간다. 그런 상황에서 그들이 아무리 좋은 변호사를 쓴다고 해도 실형은 피할 수 없다. 그들이 감옥에 가면 피해자와 가족들에게 피해를 줄 만한 사람은 없어진다.

"이쯤에서 우리 피해자들의 소장을 넣으면 됩니다."

아무리 내부 고발했다고 하지만 그들과 함께한 것이 있기 때문에 이들도 그 죄가 성립될 수 있다. 하지만 저들이 해를 가하지 못하게 된 상황에서 피해자로 등록하면 당연히 그 죄는 경감이 된다.

"운이 좋다면 무죄가 나올 수도 있지요."

"그렇지."

명백하게 협박을 통해서 할 수밖에 없었던 일인 만큼 무죄의 가능성이 높다. 설사 아니라고 할지라도 목숨을 건 탈출과 그 후에 벌어진 자발적인 신고를 생각하면 충분히 감형사유가 될 것이다.

'그러면 처벌을 받는다고 해도 그다지 많은 처벌을 받지는 않겠지.'

이런 경우 대부분 집행유예 정도에서 끝날 것이다. 그리고 아무리 심하다고 해도 벌금일 것이다.

"감사해요……."

한세은은 눈물을 뚝뚝 흘렸다.

도무지 방법이 없었다. 신고해 봐야 집행유예가 나온다면서 겁을 주던 녀석들이었다. 하지만 그 녀석들은 모조리 잡혀가 수감되었기 때문에 가족들과 자신들은 안전해졌다.

"아닙니다. 우연이기는 하지만 만난 건 인연이니까요. 다만 이사는 하셔야 할 겁니다."

"네, 그러려구요."

저들이 감옥에 간다고 해도 출소 후에 무슨 짓을 할지 모른다. 그런 만큼 안전을 위해서라도 이사하는 것이 안전하다.

'이걸 다행이라고 해야 하나, 불행이라고 해야 하나.'

그나마 피해자들의 가족이 전부 월세나 전세를 살기 때문에 기간이 지나면 어쩔 수 없이 이사를 가는 것이 당연하다면 당연한 상황이었다.

"그 전에 일단 확실하게 재기 불능은 만들어 놔야지요."

"재기 불능요?"

"네, 여러분도 아시겠지만 이 나라에서는 돈이 있으면 귀신도 부린다고 합니다."

"그렇지."

송정한은 고개를 끄덕거렸다.

돈으로 귀신을 부린다. 대한민국의 천민자본주의를 비꼬는 말이다. 그리고 애석하게도 그게 현실이다.

"그 녀석들이 감옥에 갔다 왔을 때는 여러분들이 이사한 후겠지만 이 녀석들에게 돈이 있으면 여러분을 찾으려고 할지도 모릅니다."

한세은은 가볍게 부르르 떨었다.

"물론 그럴 가능성은 낮습니다. 하지만 일말의 가능성이라고 해도 막아 두는 것이 좋지요."

"그렇지만 그 녀석들이 그 정도 돈이 있을까?"

"그 녀석들이 문제가 아니라 그 뒤에 있는 종단이 문제입니다."

"아!"

그들은 신성도라는 신흥 종교에 속해 있다. 그들이 번 돈을 그 녀석들이 가지고 갔을까? 그럴 리 없다.

"전에도 말씀드렸다시피 그런 사이비 종교일수록 보복해서라도 신도들의 이탈을 막으려고 합니다. 그런 만큼 그럴 능력을 최대한 죽여 놓는 것이 최선이지요."

"어떻게 말인가?"

"어떻게라고 말할 것이 없습니다. 뻔하지 않습니까? 아까 전에도 말씀드렸다시피 이 시대의 능력은 곧 돈이지요."

분명 그 녀석들에게 털린 사람들이 그들에게서 돈을 받아 내려고 하겠지만 그 녀석들은 돈이 없다. 모두 종단으로 들어갔을 테니까.

"그렇다면?"

"네, 그 부분을 노리는 겁니다. 그 녀석들은 경찰의 추적을 피하기 위해서 다른 종단의 그림자에 숨으려고 했습니다. 하지만 반대로 그 그림자를 뒤집어쓸 각오도 해야 한다는 걸 잊어버린 것 같네요. 후후후."

노형진의 계획을 들은 송정한은 왠지 그들이 불쌍하다는 생각이 들기 시작했다.

⚖

"그들의 행동은 명백하게 사기에 해당합니다. 납치와 감금 그리고 갈취에 대해서는 명백하게 대응할 필요가 있다고 생각합니다."

노형진의 말에 기자 한 명이 손을 번쩍 들었다.

"그러면 새론에서는 그 소송을 진행하겠다는 말씀이신가요?"

"그렇습니다."

"지난번에 말씀하신 실종은 결국 없었던 걸로 확인되었는데요."

"일단은 그렇지요. 하지만 아직 의심이 사라진 것은 아닙니다. 모든 사람들이 연락처를 남긴 것은 아니니까요."

"그쪽에서 무고로 고소하겠다고 하는데 어떻게 생각하십니까?"

"그들은 수백 명에게서 수억을 갈취하고 범죄에 이용할 목적으로 피해 여성들을 감금한 채로 협박하던 범죄 조직입니다. 그런데 무고라니 가당치도 않군요. 그런 걸 보통 적반하장이라고 하지요."

노형진의 대답에 기자들은 설명을 들으면서 재빨리 기사를 썼다.

"그럼 이번 소송에 참가할 사람들은 누굽니까?"

"말 그대로 피해자라면 누구나 됩니다. 종교라는 이름으로 행해지는 범죄에 철퇴를 내려야 하는 시점인 만큼 그들에게 당한 사람이라면 누구든 이름을 올릴 수 있습니다."

"누구든?"

"네, 누구든 말입니다."

마지막 말에 노형진은 한마디 한마디 힘을 주어 말했다.

그리고 그 기사가 나가고 난 후 새론으로 적지 않은 전화가 오기 시작했다.

"뭐야? 이렇게 많아?"

송정한조차도 질려 버릴 만큼 피해자가 많았던 것이다. 그쪽에서는 수백 명이라고 했는데 피해자의 숫자가 벌써 천 명을 넘어갔다. 그 금액은 적으면 5만 원부터 많으면 100만 원이 넘어갔다.

"진짜로 그들에게 당한 게 아닐 수도 있죠."

"뭐?"

"아시잖습니까? 도를 믿느냐고 하는 사람들은 생각보다 오래된 사람들입니다."

"아아!"

신성도는 기존에 활동하던 다른 종단의 사람들에게 죄를 뒤집어씌우기 위해서 작전을 짰다. 그들처럼 접근해서 돈을 뜯어내는 방식으로 말이다. 당연히 기존 종단 역시 도를 믿느냐는 식의 포교와 제사 방식으로 활동했으니 그 피해자들 역시 존재할 수밖에 없다는 것.

"그렇다면 한편으로는 그들의 죄를 자신들도 뒤집어쓸 수 있다는 것이지요."

"아아, 내가 그 생각을 못 했구만."

"하하하."

그쪽은 부자들이 많고 유흥가가 있다 보니 다른 집단에서도 활동했다. 그런 만큼 그 지역에서 돈을 빼앗긴 사람들 역시 같은 단체인지 다른 단체인지 알 수 없는 이상 돈을 찾기 위해서 소송에 참여하려고 할 것이다.

"자, 그럼 영혼을 털어 보러 갈까요?"

"이런 미친……."

구속된 사람은 교도소가 아니라 구치소로 간다. 그리고 그곳으로 당연히 소장도 날아갔다. 그곳에서 소장을 받은 도길환은 미쳐 버릴 것 같았다.

"이게 말이나 됩니까?"

"말이 됩니다."

국선변호인은 심각한 얼굴이 되었다.

"이 경우 약취 유인 및 감금을 한 사람은 도길환 씨 본인이고 그들도 도길환 씨는 알지언정 뒤에 누가 있는지는 모릅니다."

"하지만 전 교단에서 시키는 대로 한 건데요?"

"그건 그 사람들이 알 바 아니지요."

도길환은 입술을 깨물었다. 자신은 버는 돈을 족족 교단에 보냈다. 그래서 돈도 별로 없다. 이번에 방을 구하는 것도 간

신히 구한 것이다.

'그게 함정이었지만……. 빌어먹을.'

탈출한 것을 알아차리고 확인했을 때 모든 것이 다 함정이었다는 것을 알아차리는 것은 어렵지 않았다.

일이 틀어졌다는 사실을 알고는 교단에 알렸을 때 교단은 어떻게 해서든 찾아야 한다면서 찾으라는 명령을 내렸고, 그는 어쩔 수 없이 그녀들을 찾아 나섰다. 그 바람에 피하지도 못하고 잡혀 버린 것이다.

'그런데도 변호사도 안 보내 주고…….'

당연히 변호사를 고용해 줄 거라 생각했지만 교단의 공식적인 발언은 일부 신도들이 한 일을 교단에서 책임질 수는 없지 않느냐는 것이었다. 그래서 변호사도 보내 주지 않았기에 그는 자비를 들여서 변호사를 고용하는 수밖에 없었다.

"그럼 이 돈을 제가 다 물어내야 한다는 겁니까? 수억 원이나 되는 돈을요?"

"글쎄요……. 다른 분들이 함께했으니 나눠서 갚을 수는 있습니다."

국선변호인이 해 준 말은 전혀 위로가 되는 말이 아니었다. 그는 이 많은 돈을 갚을 능력이 전혀 없기 때문이다.

자신이 신성도에 가입한 이유가 뭔가? 전과가 8범이나 되다 보니까 도무지 먹고살 수가 없었기 때문이다. 그런데 그곳에 있으면 먹여 주고 재워 준다고 해서 가입했다. 그들을 위해서 더러운 일도 서슴없이 했다.

'그런데 이제 와서 배신이야?'

도길환은 이를 빠드득 갈더니 변호사를 바라보았다.

"혹시 말입니다, 제가 증언하면 그 녀석들에게서 돈을 받아 낼 수 있습니까?"

"증언?"

"네, 제가 사주받았다는 증언 말입니다."

"음……."

그 말을 들은 변호사는 잠시 침묵을 지켰다.

'뭐지?'

그런데 그는 이상함을 느꼈다. 보통은 그런 말을 하면 좋은 생각이라고 하기 때문이다. 일종의 형량 협상 같은 것이다.

"잠시 기다리는 것이 좋겠네요."

"기다리다니요? 당장 소송이 들어왔습니다. 지면 어쩌려고요."

"이건 중요한 문제입니다. 경찰과 협의도 해 봐야 하구요."

"크으으……."

결국 도길환은 고개를 끄덕거릴 수밖에 없었다.

⚖

얼마 후, 도길환이 누워서 책을 보고 있을 때였다.

"면회다."

"면회?"

도길환은 면회라는 말에 벌떡 일어났다. 아무리 범죄자라고 하지만 가족이 없는 것은 아니었기 때문이다.

"누군데요?"

지금까지 잡혀 오고 나고 단 한 번도 오지 않은 가족들.

그들이 왔을지도 모른다는 기대감에 부풀어서 그는 벌떡 일어났다. 하지만 그다음 순간 일어날 때와는 반대로 빠른 속력으로 얼어붙어 버렸다.

"선자라는 분이라는데?"

"선자 님요?"

"그래."

"그……."

선자는 신성도에서 집전을 맞는 일종의 성직자다. 그런 그가 찾아온다는 것은 좋은 일은 아니다.

"서…… 선자라고요?"

"그래. 네가 믿는 종교 단체에서 나왔다는데."

이미 사건이 사이비 종교와 관련이 있다는 것을 알고 있는 교도관은 코웃음을 치면서 대답했다.

"다른 사람은 온 사람이 없습니까?"

"없다. 왜? 하기 싫어? 면회 거부라고 전해 줄까?"

"아닙니다."

도길환은 어쩔 수 없다는 듯 쭈뼛거리면서 면회실로 향했다.

"잘 지냈습니까, 형제?"

"안녕하세요, 선자 님."

선자를 본 도길환은 무척이나 조심스러운 표정이 되었다. 교도관들은 아무래도 종교적으로 어른이니 그런 거라고 생각하고 무시했지만 정작 도길환은 죽을 맛이었다.

"현재 큰 어른께서는 당신이 벌인 일에 대해서 걱정 중이십니다."

"걱정이라니요?"

"아무리 우리 종단을 위해서 한 일이라고 하지만 그런 일을 독단적으로 벌이다니요. 그러면 안 되는 거였습니다."

"독단이라니요?"

도길환은 어이가 없었다. 애초에 이런 작전을 짠 것도, 그걸 실행하기에 필요한 돈을 준 것도 종단이었다. 그런데 독단이라니.

'배신이냐.'

그는 직감적으로 자신이 팽 당한 거라는 것을 알아차렸다.

애초에 팽 당할 수밖에 없다. 종단에서는 자신을 위해서 변호사조차도 선임해 주지 않았다. 자신뿐만 아니라 다른 사람들 모두 말이다. 그래서 각자 변호사를 고용하거나 국선변호인의 도움을 받아야 하는 상황이었다.

"너무하십니다! 이제 와서 그러시는 겁니까!"

이제 와서 배신하겠다는 말에 도길환은 발끈해서 벌떡 일어났다. 하지만 선자라는 인간은 화내기보다는 두 손을 들어서 그를 진정시켰다.

"진정하세요, 형제. 모든 일에는 순리가 있습니다."

"지금 순리라고 했습니까? 순리요? 지금 그 말이 나와요?"

그는 종단에 충성했다. 그런데 그 결과는 감옥 생활과 늘어난 전과다. 그나마 이번에는 그렇게 짧게 있다가 나오지도 못하는 전과들이다.

"어쩌겠습니까?"

상대방은 은근한 미소를 지으면서 도길환을 진정시켰다.

"세상은 순리대로 살아야지요. 아무리 자신의 신심을 드러내기 위해서라고 해도 다른 형제들에게 사기를 치면 안 됩니다."

"말도 안 되는 개소리!"

막 화를 내려고 하는 찰나였다. 갑자기 선자가 뭔가를 꺼내서 도길환에게 내밀었다.

"이건?"

"가족들의 사진이지요. 아무래도 오랫동안 감옥에 있으려면 적적하실 것 같아서 가지고 왔습니다."

사진 속에 있는 자신의 아내와 아들과 그리고 딸.

환하게 웃는 철모르는 아들과 딸과 다르게 사진 속의 아내의 얼굴은 어느 때보다 딱딱하게 얼어붙어 있었다.

"아무리 힘들어도 그 가족사진을 보면서 자신을 진정시키세요. 우리 종단에서는 재생의 기회를 드립니다. 그게 우리 종단의 궁극적인 목적이지요."

선자는 그렇게 말했지만 도길환은 선자와 그들의 뒤에 함께 서 있는 남자들을 보고는 얼굴이 점점 새파랗게 질리고 있었다.

"부디 반성하고 나오시기 바랍니다. 형제가 돌아오고 난 후에 형제를 기다리고 있을 가족들을 생각해야지요."

얼굴이 새파랗게 변한 도길환은 아무런 말도 하지 못했다.

"그럼 부디 건강하게 나오십시오."

웃으면서 말하는 그 선자라는 인간의 모습이 도길환은 마치 악마를 보는 것 같았다.

⚖️

"이건 의외인데요."

노형진은 민사를 넣으면 도길환을 비롯한 교단의 비밀에 대해서 모두 까발릴 거라 생각했다. 그렇게 되면 교단에서 그 돈을 보상해야 하기 때문에 사실상 한세은을 비롯한 피해자들을 추적하지 못할 거라 생각했던 것이다.

그런데 생각과 다르게 그들은 자신들이 모든 사건의 주범이며 자신들의 종단은 전혀 아는 바가 없다고 딱 잡아떼고 있었다.

"어떻게 된 거야?"

송정한은 어이가 없다는 듯 중얼거렸다. 자신이 아무리 생각해도 이건 도무지 이해가 안 가는 일이었다.

"설마 진짜로 그들 종단에서 안 시킨 거 아냐?"

"그럴 리 없지 않습니까?"

이런 짓을 하는데 종단에서 모를 리 없다. 설사 몰랐다고 해도 그렇게 많은 돈을 헌금하면 일단은 알아보기 마련이다. 그런데 전혀 그런 것도 없었다.

"진짜 신심이 깊은 건가?"

"그럴 리가요."

신심이 깊다는 것만으로 모든 것을 뒤집어쓴다?

물론 한 사람 정도는 그럴 수 있다. 하지만 그 많은 사람들이 한꺼번에 그런다는 것은 말도 안 된다.

더군다나 아무리 나눈다고 해도 배상액이 수억 원이다. 결국 감옥에서 나오면 그걸 다 갚아야 한다. 당연히 그 기간에도 이자는 계속 늘어난다.

"음……."

노형진은 잠깐 고민하다가 한 가지 가능성을 생각했다.

"혹시 협박받은 거 아닐까요?"

"협박?"

"피해자 가족들에게 해를 끼치겠다고 해서 피해자들을 붙

잡아 두지 않았습니까? 저들에게도 그러지 말라는 법은 없지요."

송정한이 얼굴을 찡그렸다.

"그러니까 지금 저들이 협박당했다는 거야?"

"그거 말고는 이유가 없는 것 같네요. 한두 명도 아니고 몽땅 다 갑자기 입을 다물 리 없지 않습니까?"

"하지만 그들은 감옥에 있잖아? 감옥에 세력이 없는 이상에야……."

"가족들까지 감옥에 있는 것은 아니죠."

노형진의 말에 송정한은 입을 꾹 다물었다.

이들은 가족을 인질로 잡고 피해자들을 협박했다. 그런 상황에서 저들의 배신에 대비해서 가족들을 인질로 잡는 것을 이상하게 생각할 것은 없다.

"미친놈들이군."

"사이비 종교가 왜 사이비 종교인지는 뻔한 거 아닙니까?"

"그럼 이제는 방법은 없는 건가?"

"아마도요."

저쪽에서 입을 나불거리지 못하도록 인질을 잡은 이상 노형진이나 새론에서 어찌할 수가 없다.

"그나마 다행인 건 직접적으로 이쪽에 손쓰지는 않을 것 같다는 거지요."

"그런가?"

"네, 그런 거라면 입 닥치게 하지는 않을 겁니다."

어차피 이쪽에 손쓰면 누가 보복했는지는 뻔하게 드러난다. 저들이 입 닥치게 만들었다는 것은 당분간은 손쓸 생각이 없다는 뜻이다.

'영 미봉합인 게 찜찜하기는 하지만……'

어찌 되었건 그들의 공격을 막아 낸 것만은 분명하다.

"하지만 여전히 의문은 남는군요."

"어떤 의문 말인가?"

"그들이 어떻게 신도들이 배신할 걸 예상했을까요?"

"응?"

"그렇지 않습니까? 배신할 계획도 없는데 섣불리 협박하면 도리어 타초경사의 우를 범할 수도 있습니다. 그 때문에 배신할 수도 있는 거죠."

"그렇다는 건?"

"어떤 식으로든 그들이 배신할 걸 알았다는 것이지요."

문제는 그걸 알 수 있는 방법이 없다는 것이다. 그들 중 누군가 알려 주기는 말이다.

'하지만 그건 영원히 알 수 없겠지.'

영 찜찜한 결말에 노형진은 얼굴을 찌푸릴 수밖에 없었다.

힘을 가진 자만이 정의를 외칠 수 있다

"우아아아아!"

문을 박차고 들어오는 변호사.

그리고 그걸 보고 한숨을 푹 쉬는 노형진.

"무태식 변호사님, 그렇게 화려하게 안 들어와도 됩니다."

"아, 그런가요?"

"네."

"으하하하, 이 반가운 서울의 매연을 느끼니 기분이 업되는군요."

"민시아 변호사님은 이러는 거 압니까?"

"죄송합니다. 으하하하."

"하아."

노형진은 고개를 흔들었다.

무태식 변호사는 민시아 변호사와 결혼한 후 지방으로 내려가서 자리를 잡았다. 하지만 민시아 변호사가 임신하면서 아무래도 여러 가지 문제가 발생할 수밖에 없었고, 결국 그 때문에 다시 서울로 올라올 수밖에 없었다.

"하여간 간만에 서울에 오니 반갑네요."

"하하하."

사실 무태식은 시골에 내려가는 것을 그다지 좋아하지는 않았다. 다만 민시아 변호사의 의견을 따라 준 것뿐이다.

'완전 공처가라니까.'

그런 공처가인 그가 아내가 임신했다는데 그냥 두고 출근할 리 없고 결국 그가 우기고 우겨서 시댁과 친정이 있는 서울로 다시 올라온 것이다.

"음…… 이 반가운 서울의 매연 냄새."

"지금 이 방에 공기청정기를 틀어 놨는데 그러면 공기청정기의 기분이 그다지 좋을 것 같지 않은데요?"

"괜찮습니다. 공기청정기 같은 미물의 감정 따위 제가 알 바 아닙니다."

농담 반 진담 반으로 말하는 노형진과 무태식.

그때 그들의 뒤에서 혀를 끌끌거리면서 송정한 변호사가 나타났다.

"쯧쯧, 이봐, 무태식 변호사. 서울 매연을 오랜만에 맞아서 그렇게 흥분하는 거야? 공기 중에 무슨 마약이라도 뿌린 건가?"

"하하하."

웃는 무 변호사를 보면서 노형진은 피식 웃으면서 송정한에게 고개를 돌렸다.

"어쩐 일이세요? 그냥 절 부르시지요?"

"아니, 호들갑을 떠는 무 변호사도 볼 겸 자네가 전에 말한 것도 이야기 좀 할 겸해서 말이야."

"전에 말한 거라니요?"

"인권 변호사 말이야."

"아아."

인권 변호사.

노형진이 지난번에 일본군 성 노예 할머니들 사건을 담당하면서 느꼈던 것은 한국에 제대로 된 인권 변호사가 없다는 것이다.

정확하게는 인권 변호사 집단이 없다는 것이 맞는 말이었다. 대부분의 인권 변호사들은 힘이 없거나, 설령 뭉쳐 있다고 해도 인권보다는 정치적 목적으로 뭉치는 성향이 강해서 정작 인권 재판에 도움이 되지는 않으니까.

"그러니까 인권 변호사를 들이자는 자네 의견은 충분히 생각해 봤네."

노형진은 고개를 끄덕거렸다.

"그래서 어떻게 하실 생각인가요?"

"솔직히 걱정되는군. 필요하기는 하지만 좋은 꼴을 보지는 못할 거 알지 않나?"

"그건 그렇지요."

인권 변호사는 단순히 법을 지키고 그 법을 해석하는 데 그치지 않는다. 잘못된 법을 없애기 위해서 싸우고 제대로 보호받지 못하는 힘없는 사람들을 도우려고 한다.

"이건 돈 되는 일은 아니야."

"돈 때문에 할 일도 아니죠."

힘이 없는 사람들은 대부분 가난할 수밖에 없다. 애초에 돈이 있는데 힘이 없다는 것은 말도 안 된다. 현대 자본주의 사회에서 힘은 곧 돈이다.

"그리고 상대방이 그다지 좋아하지 않을 게 뻔하고. 사실 자네도 알다시피 이게 가장 큰 문제 아닌가."

"휴우, 그건 그렇지요."

상대방, 즉 인권을 침해하는 사람들은 힘이 없는 사람이 아니라 힘이 있는 사람이다. 정치인이나 대기업, 또는 소위 말하는 갑들.

사회적 약자인 을이나 병쯤 되는 사람들은 인권침해를 하고 싶어도 할 수가 없다.

"하지만 누군가는 싸워야 합니다. 송 변호사님도 아시잖습니까? 법이라는 것은 절대로 약자를 위해서 만들어지지 않습니다."

"……."

약자를 위해서 만들어지지 않는다. 그건 법의 가장 정확한 속성이다. 정치인들이 매번 국민을 팔아먹으면서 국민을 위해서 한다고 하지만 결국 그 법은 자기 자신들을 위한 경우가 대부분이다.

"결국은 누군가 싸워야 하지요."

"싸워야 한다라……."

"역사가 소위 말하는 상위 계층에 대한 저항 없이 만들어진 적은 없지 않습니까? 우리 회사도 규모가 있는 만큼 이제 역사적 일을 해야 한다고 생각합니다만?"

"후우, 하긴…… 노 변호사 말은 이해하네."

송정한 역시 한때 꿈이 인권 변호사였다. 그렇기 때문에 지금도 가능하면 회사를 최대한 민주적이고 바르게 운영하려고 노력하고 있다.

"어? 그거 위험한 거 아닙니까?"

무태식도 바보는 아니다. 변호사가 바보일 수가 없다. 당장 무슨 이야기를 하는지 알아차리자마자 일단 우려부터 하기 시작했다.

"결국은 인권 변호사를 한다는 것은 가진 놈들과 싸운다는 소리잖아요?"

"지금은 안 그런가요?"

"그거야 그렇습니다만…… 이건 아주 대놓고 전쟁 선포인데요?"

"그건 그렇지."

송정한은 잠시 고민하다가 결국 뭔가를 생각한 듯 그 둘을 바라보았다.

"이사회를 소집하지."

"이사회를요?"

"그래. 이건 중요한 일일세. 우리 새론이 앞으로 나아갈 길을 결정하게 될 일이야. 그냥 우리끼리 이야기할 것은 아닌 듯하네."

노형진은 수긍할 수밖에 없었다.

"인권 변호사라……."

"위험한 선택이기는 한데……."

이사회에 모인 사람들은 모두 심각한 얼굴이었다.

지금까지의 의제는 기껏해야 이 사건을 하느냐 마느냐 정도다. 그 사건에 대한 사회적인 파장은 있을 수 있을지언정 새론의 미래를 결정할 정도는 아니었다.

'하지만…….'

인권 변호사를 들인다는 것 자체가 기존의 갑들이나 대기업들에게 적대적으로 받아들여질 수밖에 없다는 것이다.

"만일 인권 변호사를 들이게 되면 다른 기업들의 사건은 담당하기 힘들어질 걸세."

"어차피 우리한테 일을 맡기는 건 대룡밖에 없지 않습니까?"

"끄응…… 그건 그런데…….."

새론이 추구하는 상생의 길.

그건 기존 대기업들에게는 그다지 탐탁하지 않은 것이 사실이었다. 그렇다 보니 실적과 상관없이 대기업들은 새론에 사건을 주는 것을 꺼리는 것이 현실.

"이번에는 좀 두고 보는 게 어떨까?"

"누구나 그렇게 말합니다. 다음에 하자. 하지만 다음이라는 것은 올 수도 있고 안 올 수도 있는 불확실한 것입니다."

"음…….."

회의가 있다는 말에 지방에 있다가 서울로 올라온 남상주 역시 생각보다 심각한 회의 주제에 곤혹스러운 얼굴이 되었다. 그도 변호사로서 인권 변호사의 힘이 필요하다는 것쯤은 알고 있었기 때문이다.

"우리나라는 말로만 인권을 이야기하지, 사실상 거의 방치 수준입니다. 아시잖습니까?"

"그건 그렇지…….."

인권위가 있기는 하지만 그들이 하는 말은 강제력이 없다. 그나마도 현직 대통령이 전직 대통령의 흔적 지우기를 한다면서 발족 당시 뽑혔던 인권 위원들을 모조리 쳐 내는 바람에 가진 자만을 위해서 판단하는 것이 현실이다.

'지금이 아니면 기회가 없어.'

대통령이 바뀌고 나서부터는 인권에 대해서 대대적인 무시가 버릇이 되었고, 몇 년 후에는 인권이란 가진 사람만을 위한 것이라는 생각이 들 만큼 사람들의 인권은 바닥을 치게된다. 그걸 막기 위해서는 인권 변호사들이 필요했다.

"인권 변호사라……."

송정한은 침묵을 지켰다. 확실히 현재 인권의 문제가 중요하기는 하지만 위험부담이 너무 컸다.

"내가 한마디 해도 될까요?"

그런데 그런 곳에 끼어든 것은 다름 아닌 김성식이었다.

"나는 인권 변호사를 두는 것이 맞다고 생각합니다."

"네?"

"인권 변호사를요?"

사람들은 놀랐다.

그는 중수부장 출신이다. 어떻게 보면 인권 변호사에 대해서 가장 부정적인 의견을 가지고 있는 사람이기도 했다.

"우리나라에서는 제대로 된 인권 변호사가 별로 없지요. 물론 검사 시절을 생각하면 귀찮은 존재이기는 합니다. 하지만 견제가 없는 조직은 부패할 수밖에 없습니다."

"견제가 없는 조직은 부패할 수밖에 없다라……."

"지금의 새론이야 모든 변호사들이 꿈꾸던 길을 가고 있습니다. 그만큼 새론의 힘도 강해지고 있지요. 하지만 미래에도 그러라는 법은 없지 않습니까?"

"……."

"물론 지금 이사회가 그렇게 두지 않으리라는 것도 압니다. 하지만 조직이 커지면 누군가는 변칙적인 행동을 하기 마련입니다. 이사회는 말 그대로 방향을 정하는 곳이지, 그 내부에서 감시하는 조직이 아니니까요."

"음……."

"결과적으로 방향을 제대로 잡았다고 해도 그 내부에서 그걸 역행하겠다고 하면 대책이 없습니다. 그리고 그걸 막기 위해서는 올바른 변호사들이 필요하고요."

"역행이라……."

"멀리 갈 필요도 없지 않습니까? 당장 재판부만 봐도 그렇지요."

다들 납득한 듯 고개를 끄덕거렸다.

대한민국의 법은 국회의원이 만든다. 그게 상식이다. 하지만 그 법을 집행하는 것은 법원, 즉 재판부다.

'하긴. 그 문제가 심각하기는 하지.'

문제는 그 재판부가 양형 기준이라는 것을 정한다는 것이다. 그 양형 기준은 절대적인 위력을 가지고 있으며 사실상 법처럼 운영된다.

사기에 대한 법적인 기준은 10년 이하의 징역, 2천만 원 이하의 벌금이라고 되어 있다. 하지만 양형 기준에 따르다 보니 2년 이상 나오는 사람은 아주 드물고, 대부분은 벌금 수준에서 끝난다. 법에서 말하는 엄벌보다는 재판관들이 자기 취향에 맞게 낮게 잡는 성향이 더 강한 것이다.

　　"당장 법원만 해도 그런데 우리라고 언제까지나 깨끗할 거라는 보장은 없지요."

　　"음……."

　　김성식의 말에 다들 침묵을 지켰다.

　　"비교 대상이란 언제나 존재해야 합니다. 일단 인권 변호사들은 부패가 덜할 수밖에 없습니다. 신념에 따른 행동이니까요."

　　"그 말은 그들에게 일종의 감시를 맡기자는 건가요?"

　　"아니요. 타산지석으로 삼아야 한다는 겁니다."

　　그들의 행동에서 배우고 또 신념을 지켜야 한다는 것.

　　"후우."

　　결국 송정한은 고개를 끄덕거렸다.

　　"하긴…… 요즘 인권 문제가 점점 심각해지고 있지."

　　안 그런 척하고 있지만 현재 대한민국은 급속도로 인권 문제가 심각해지는 것이 사실이다.

　　물론 가만히 있어도 되기는 하지만 변호사라는 양심이 그를 자극하고 있었다.

"전 찬성하려고 합니다. 애초에 새론은 상위 지향이 아니었습니다. 인권 변호사까지는 아니지만 최소한 국민을 위해서 노력해 왔지요. 그렇다면 어쩌면 인권 변호사를 들이는 것이 정해진 수순일 수도 있습니다."

"음……."

심각하게 고민하는 사람들.

"나쁜 것도 아닙니다. 우리가 직접 인권 변호사 노릇을 한다는 것도 아니고 새로운 인권 변호 팀을 들인다는 것뿐이니까요. 우리가 직접 할 일도 아닙니다."

사람들은 잠시 고민하다가 결국 고개를 끄덕거렸다.

"그렇게 하시오."

"하긴…… 세상은 동전의 양면 같은 거니까요."

사람들은 결국 노형진의 말대로 인권 변호 팀을 만들기로 했다.

그렇게 어렵게 서로 동의를 얻어 냈지만 사실 가장 큰 문제는 아직도 남아 있었다.

"문제는 누구를 들이냐는 건데."

"애초에 누구를 들이느냐가 문제가 아니라 어떻게 들이느냐가 문제 아닌가요?"

"그건 그러네."

인권 변호사들은 대부분 홀로 일한다. 세력을 만들기 위한 돈이 없기도 하거니와 워낙 신념이 강한 사람들이다 보니 인권 문제 가지고도 충돌하기 때문이다.

"우리가 당장 인권 변호사를 모집한다고 해도 사람들이 올 거라고는 생각하기 힘든데?"

그 부분은 송정한조차도 우려할 정도로 인권 변호사는 각자 플레이하는 성향이 강했다.

"그럴 때는 강력한 미끼 상품이 있어야지요."

"미끼 상품?"

"네, 강력한 미끼 상품요. 이 경우라면 유명한 인권 변호사를 들인 후에 그가 집단으로서 인권을 지키는 것을 보여 주면 사람들이 자연스럽게 모일 거라 생각합니다만."

노형진은 이런 문제가 생길 거라는 것을 알고 있었기 때문에 이미 계획이 있었다. 그리고 그 말을 들을 이사진은 고개를 갸웃했다.

"유명한 인권 변호사라……. 누구 말인가? 사람들을 모을 만한 사람이 있나?"

"서승진 어떻습니까?"

"서승진 변호사님"

"아! 그분!"

"그분이라면 가능하지."

다들 서승진이라는 말에 수긍하면서 고개를 끄덕거렸다.

서승진 변호사는 인권 변호사 중에서 원로에 속하는데도 현재까지 현역을 활동하는 사람이다. 그리고 여전히 인권을 위해서 싸우고 있었다.

"그런데 그분이 오실까?"

송정한은 솔직히 문제가 된다는 듯 고개를 흔들었다.

그 사람이 어려워서가 아니다. 그가 유명한 인권 변호사라는 것은 반대로 말하면 다른 인권 변호사들의 특징을 다 가지고 있다는 뜻이다. 즉, 절대로 이런 곳에 몸담아서 휘둘릴 사람이 아니라는 것이다.

"그 부분은 제가 설득해 보겠습니다."

"가능하겠나?"

"네."

노형진은 결심을 굳힌 채로 고개를 끄덕거렸다.

⚖️

"거절하네. 집단은 타락하기 마련이야. 내가 왜 그곳에 들어가야 하는가?"

서승진 변호사는 이야기를 듣자마자 거절해 버렸다.

"서 변호사님, 시대가 바뀌었습니다. 개인이 하는 데는 한계가 있지 않습니까? 그러니 인권 변호사분들도 집단을 이뤄서 세력화해야 합니다."

"우리 같은 인권 변호사들이 가장 싫어하는 것이 거대 세력이야. 그래서 다들 개별적으로 활동하는 거고. 그런데 거대 세력 아래로 들어가라고?"

"들어오시라는 게 아닙니다. 새론에서 팀을 만들어서 활동해 달라고 하는 거지요."

"그게 그거 아닌가."

서승진은 단호했다. 지금까지 그런 의견을 낸 사람이 없는 것은 아니었다. 하지만 대부분 제대로 활동도 못 하고 타락하는 게 보통이었다.

"물론 걱정스러운 건 압니다. 도리어 그 세력의 맛을 들려서 인권 변호사의 본문을 잊어버릴까 봐 걱정하고 계신 것도 압니다. 하지만 상대방의 세력은 점점 커지는데 변호사 혼자서 하는 건 한계가 있지 않습니까?"

"으음……."

서승진은 차마 부정하지 못했다.

당장 법적으로는 이쪽이 맞아도 대기업이나 상대방이 엄청난 뇌물을 써서 판사를 매수해 버리면 자신들은 그냥 눈뜨고 당할 수밖에 없는 것이 현실이다. 과거처럼 올바른 사람을 찾는 것이 하늘의 별 따기인 것이다.

"하지만 인권 변호사가 세력을 만들면 이야기는 달라집니다."

뇌물은 안 주더라도 압력은 가할 수 있다. 그리고 그런 압력을 받으면서도 뇌물을 받아서 판결할 만큼 판사들이 부패한 경우는 정부에 압력을 가해서 해직할 수도 있다.

"지금처럼 인권 재판을 개별적으로 하면서 이기신다는 것

거의 불가능한 거 아시지 않습니까?"

"끄응……."

서승진은 입을 꾹 다물었다.

'틀린 말은 아니야…….'

자신들은 애써 인권을 이야기하고 탄원서를 내지만 재판에 들어가면 지기 일쑤였다. 설사 이겼다고 하더라도 그 배상액이 터무니없는 경우가 많았다.

"그러니 이번에 세력을 만드셔서 제대로 된 저항을 한번 해 보십시오. 인권의 침해는 법의 부족함에서 일어납니다. 하지만 법이 부족하면 세력을 만들어서 그 법을 고치거나 새로 만들 수도 있습니다. 아시지 않습니까? 지금의 법으로 인권을 지키는 것은 불가능합니다."

"끄응……."

맞는 말이었기 때문에 서승진은 입을 다물었다.

애초에 법이 잘못된 상황에서 아무리 억울함을 이야기하고 인권에 대해서 말해 봐야 이빨도 안 먹힐 소리다.

"서 변호사님도 아시지 않습니까, '악법도 법이다.'라는 말은 없는 거? 진짜 인권을 챙기고 싶으시다면 세력을 만들어서 정치권에 압력을 넣어야 합니다."

"끄응……."

너무나 현실적인 말이었기 때문에 서승진은 심각한 얼굴이 되어 버렸다.

"그렇기는 한데……."

우리나라에서 나도는 말 중에 틀린 것도 있다. 그중 하나가 바로 '악법도 법이다.'라는 말이다. 한국에서는 소크라테스가 한 말로 되어 있지만 애초에 소크라테스는 그런 말을 한 적이 없다. 일본의 어떤 학자가 자신들의 일제 침략기 당시 자신들의 법적인 근거를 위해서 만들어 낸 허위 사실일 뿐이다.

사실 소크라테스는 문자로 뭔가를 남기는 것을 싫어하는 사람이었다. 당연히 그가 한 악법도 법이라는 말이 남아 있을 리 없다.

"결국 세력을 만들어서 그 힘을 보여 주면 좀 더 편하게 일할 수 있을 겁니다. 세력을 보면 사람들은 알아서 뒤로 물러나지 않습니까?"

"후우."

서승진은 한참 고민하다가 고개를 끄덕거렸다.

"일단은 자네가 그럼 그 집단의 능력을 보여 주면 좋겠군."

"네에?"

"난 세력이 없다고 해도 상관없다고 생각하는 사람이야. 아니, 인권 변호사에게 세력이란 독이 된다고 생각하는 사람일세. 하지만 자네가 그렇다면 세력이 진짜 필요한 이유를 증명해 보게."

홀로 일하는 '독고다이' 스타일이었던 그였기 때문에 집단으로 일하는 것에 대해서 거부감이 강했다.

"음⋯⋯."

노형진은 잠깐 고민하다가 고개를 끄덕거렸다.

"그러지요."

"그런다고?"

서승진은 살짝 놀랐다.

사실 자신의 이름 때문에 자신을 고용하거나 끌어들이려고 하던 사람들이 없는 것은 아니었다. 하지만 대부분 홍보를 위한 것이라 이렇게 조건을 달면 꼬리를 마는 게 대부분이었다. 진짜로 인권 변호사의 길로 가면 그 끝이 좋지는 않기 때문이다.

"서 변호사님은 집단이라는 것에 대해서 부정적인 생각을 가지고 있는 것은 이해합니다. 하지만 집단이라는 것이 얼마나 큰 힘을 발휘하는지 아셔야 합니다. 그렇다면 힘들게 싸울 필요가 없어지고 그 시간에 더 많은 사람들을 도울 수 있지요."

"그래서 스스로 인권 변호사 노릇을 하겠다 이건가?"

"필요하다면요. 필요하다면 범죄자를 지키는 게 우리인데 하물며 인권 변호사 노릇을 못하겠습니까?"

"흠?"

서승진은 묘한 표정이 되었다. 그러더니 구석으로 가서는 한 가지 서류 뭉치를 가지고 왔다.

"그렇다면 이걸 한번 해결해 보게. 이게 해결된다면 내 자네 말대로 하지. 만일 이걸 해결 가능하다면 그 집단의 힘이라는 것도 필요하다는 뜻이니까."

"뭡니까?"

"성탁주조 사건일세."

"성탁주조라면?"

"말 그대로 지옥 같은 곳이지."

김성식은 그곳에 대해서 설명하기 시작했다.

성탁주조는 지방의 주류 회사다. 하지만 제대로 임금도 안 주고 직원에 대한 복지를 신경 쓰기는커녕 직원들을 노예 취급을 하는 곳이다.

"내가 몇 번이나 해결하려고 했지만 끝끝내 하지 못한 곳이지."

"성탁요?"

노형진은 얼굴을 찌푸렸다.

'이거 골 때리네?'

그런 노형진의 얼굴을 보고 서승진은 노형진이 그곳을 알고 있다는 사실을 알아차렸다.

"아는 곳인가 보군."

"조금은 압니다."

성탁주조 사건은 상당히 먼 미래인 10년 후까지 해결되지 않는, 골치 아픈 사건 중 하나다.

'하긴 미래에도 그 꼴인데 지금이라고 좀 더 나을 수가 없지.'

성탁은 부모님이 돌아가셨는데 상을 치르느라 출근하지 않았다고 해직하기도 했고, 직원 식비라고 지원해 주는 게 고작 250원인데 식비 지원해 준다고 임금을 깎기도 하는 등 천민자본주의를 넘어서서 심각한 인권침해까지 벌어지던 곳이었다.

"그리고 그곳은 도무지 해결할 수가 없지."

"그렇겠지요."

성탁은 주식회사다. 그리고 서른세 명의 최대 주주가 자리를 잡고 있는 곳이기도 하다. 문제는 그 서른세 명의 최대 주주들의 대부분이 현재 국회의원이 세 명, 시장이 두 명, 경찰고위 관계자가 세 명 등 모두 고위 관료로 이루어져 있어 죄다 정치권과 연결되어 있다는 것이다. 그래서 인권 변호사부터 회사 사람들, 심지어 국회의원도 해결하지 못했다. 그들의 권력이 어느 정도로 강하느냐 하면 생탁에서 노동운동을 했다는 이유 하나만으로 그들을 강력 범죄자로 취급해서 DNA를 수집하고 그걸 등록할 정도였다.

현행법상 유전자의 수집 및 기록에 관한 보관은 그 가해자의 범죄가 살인, 강도, 강간, 폭력 등 강력 범죄에 속한 사람들만 하도록 되어 있었지만 해당 지역 자치단체와 경찰은 노동운동을 한 사람을 강력 범죄자로 취급해서 유전자를 보관하려고 했던 것이다. 당연히 불법이지만 자연스럽게 경찰과 검찰이 나서서 보관할 정도로 그들의 힘은 대단했다.

결과적으로 그걸 해결해야 하는 모든 사람들이 죄다 이권이 연관되어 있어서 누구도 해결하지 못했다.

"흠……."

"어떤가? 할 수 있겠는가? 자네 말대로 새론이 그걸 해결한다면 집단의 힘이 효과적이라는 거겠지. 하지만 새론이 해결하지 못한다면 결국 집단이라는 것도 타락의 단초가 될 뿐일세."

'이거 너무 고난이도인데?'

성탁은 십 수 년 동안 해결되지 않았던 사건이다. 그런데 그걸 해결하라니.

'아니야……. 이 정도는 해결해야 이 사람을 움직일 수 있겠지.'

인권 변호사계의 대부라 불리는 서승진이다. 그를 품을 수만 있다면 새론은 더욱 발전할 수 있을 것이 분명했다.

"좋습니다."

"좋다고?"

"네, 그건 우리가 해결하지요. 대신 그걸 해결한다면 우리쪽에 들어와 주신다는 약속을 해 주셔야 합니다."

서승진은 잠깐 얼굴을 찡그렸다. 하지만 곧 고개를 끄덕거렸다.

"그렇지. 인권 변호사라는 존재는 내가 아닌 남을 위해서 존재하는 사람들이니까."

만일 집단을 만들고 그게 제대로 운영된다면 인권 변호사가 집단을 거절할 이유는 없다.

"그럼 좋은 소식을 기다리겠네."

서승진은 그렇게 말했지만, 노형진은 앞이 참 캄캄해지는 기분이었다.

⚖

"이걸 해결해야 한다고?"

송정한은 기가 막히다는 얼굴이 되었다.

"네."

"이건 완전 골 때리는데?"

"이건 길이 안 보여."

송정한뿐만이 아니라 다른 사람들조차도 성탁의 기록을 보고는 혀를 내둘렀다.

"이렇게 정치권과 밀접한 집단이라면 우리가 건드리는 데에 한계가 있네. 알고 있지 않나?"

"알고 있지요. 그렇지만 반대로 그렇기 때문에 우리가 해결해야 합니다. 이런 녀석들과 싸우려고 인권 변호 팀을 만들려고 하는 거 아닙니까?"

"음……."

노형진의 말에 다들 한숨이 나왔다.

"그래도 이건 너무한데?"

처음에 성탁의 지분을 가진 사람들이 이들은 아니었을 것이다. 하지만 현재에 와서는 성탁의 지분을 가진 사람들은 대부분 한 지역의 우두머리이며 정치인들이다.

"이래서는 신고고 뭐고 의미가 없을 것 같은데?"

"맞습니다. 신고 같은 걸 안 해 봤을 리 없죠."

서승진이 바보가 아닌 이상에야 고소나 고발을 안 해 봤을 리 없다. 그럼에도 바뀌지 않는다는 것은 그쪽도 이미 넘어갔다고 봐야 한다는 것이다.

"처벌이 터무니없군. 벌금이 300만 원을 넘어간 적이 없어. 매달 이런 식으로 챙기는 돈이 수억은 될 텐데?"

"해당 지역 판사들 역시 그들에게 매수당했다고 봐야 합니다."

"그걸 그냥 둔다고?"

"지역끼리 뭉친다는 거죠."

"끄응…… 경찰에 신고해 봐야 차단당할 테고…… 다른 곳에서 재판하자니 그것도 안 될 테고……."

남상주 변호사는 고개를 절레절레 흔들었다.

무태식 역시 잠시 바라보다가 고개를 긁적거렸다.

"그냥 대규모로 다른 지역 술을 공수하면 어떨까요?"

"그건 안 됩니다. 현행법상 지방 주류 회사를 살린다는 미명하에 대기업의 주류는 지방에 들어가는 게 제한되어 있습니다."

"끄응……."

원래 법의 취지는 대기업 때문에 고사하는 지방 주류 회사를 살리겠다는 목적이었으나 현재는 지방 주류 회사들의 독점을 위한 수단이 되고 있었다.

특히나 그런 주류 회사들의 운영권이나 주식이 정치인들에게 몰리면서 그 특징은 점점 더 강해지고 있었다.

"그리고 사람의 입맛은 참 간사합니다."

"간사하다니요?"

"무태식 변호사님 말씀처럼 대량으로 공수한다고 해도 이미 해당 지역의 사람들은 성탁주조의 맛에 길들여져 있습니다. 즉, 들어간다고 해도 팔리지 않는다는 거죠. 단순히 싸다고 먹는 게 아닙니다. 그렇다면 새 상품이 나올 때마다 좀 싸게 팔면 시장 판도가 획획 바뀌겠지요."

"그럼 주식을 사 모으는 건 어떤가?"

"주식회사이기는 하지만 상장회사는 아닙니다. 자기들끼리 뭉쳐 있지요. 그러니까 주식을 살 수는 없습니다. 설사 살 수 있다고 해도 그건 우리가 변칙적으로 하는 겁니다. 우리의 목적은 인권 변호사들을 끌어들이는 것인 만큼 그들이 추후 쓸 수 있는 방법이어야 합니다. 물론 제 돈이면 그 주식을 어떻게든 끌어모을 수 있겠지요. 하지만 그건 제가 쓸 수 있는 방법이지, 다른 인권 변호사들은 쓸 수 없는 방법입니다."

다들 고개를 끄덕거렸다. 노형진은 한국에서도 손에 꼽힐 정도로 부자다. 그저 티를 내지 않을 뿐이다.

하지만 대부분의 인권 변호사들은 가난하다. 당연히 한두 건도 아니니 계속 그들이 쓸 수 있는 방법이 아닌 것이다.

"그럼 결국 새로운 길을 찾아야 하다는 건데……."

송정한의 말에 다들 침묵을 지켰다. 할 말이 없어서가 아니라 좀 더 효율적인 방법을 찾아내기 위해서 생각에 빠진 것이다.

"힘들군요."

몇 가지 방법을 이야기했지만 대부분의 방법은 썼다가 실패하거나 인권 변호사들은 쓸 수 없는 방법이었다.

"낙선 운동이라도 해야 하나."

"그러고 싶지만 지금은 해 봐야 의미도 없지요."

"끄응……."

김성식마저도 방법이 없다고 생각하는 그때였다.

"혹시 이런 방법은 어떨까요?"

노형진은 한 가지 의견을 제시했다. 그리고 그 말을 들은 사람들은 묘한 표정이 되었다.

"그건 좀 많이 변칙적인데?"

"변칙적이기는 하지만 효과적이기는 하죠."

"그럴 것 같기는 한데……."

"그리고 이건 그다지 돈이 드는 것도 아닙니다. 뭐, 아예 안 든다고 할 수는 없지만 우리 새론에서 지원해 줄 수 있을 정도의 금액이지요."

"흠……."

"원래 싸움의 기본은 손발을 자르는 데서부터 시작되는 겁니다."

"그렇겠지?"

"네, 손발이 없으면 머리는 아무것도 못하니까요."

상당히 변칙적인 방법이라는 것은 의심의 여지가 없지만 그래도 지금까지 나온 모든 것 중에서 가장 확실하게 가능성이 높은 방법이었다.

"그리고 이런 기업들의 형태는 대부분 뻔하지 않습니까?"

"그건 그렇지."

노형진의 말에 송정한은 고개를 끄덕거렸다.

"그럼 자네가 잘해 주기를 비네."

"네."

노형진은 새로운 작전을 구상하기 시작했다.

일단 손발 자르고 시작하자

성탁은 한국의 주류 기업으로 대형 기업은 아니다. 그러나 한 지역에서는 상당한 매출을 올리고 있으며, 그 수익 역시 적은 것은 아니다.

노형진이 그 문제를 해결하기 위해서 나섰을 때 가장 먼저 알아내려고 한 것은 다른 사람들은 생각하지 못한 일이었다.

"뭐라고요?"

안국민은 고개를 갸웃했다.

"중간 관리자들에 대해서 얼마나 잘 아시느냐고 물었습니다."

"그들은 왜요?"

안국민은 성탁의 문제를 해결하기 위해서 나선 일종의 운동권 사회운동가였다. 정부에서는 그런 사람들을 빨갱이라고 욕할지언정 사실 그들이야말로 진짜로 국민을 위해서 움직이는 사람이었다.

"성탁 문제를 해결하려고 하는 겁니다. 중간 관리자들에 대해서 잘 아십니까?"

"뭐, 안다면 알고 모른다면 모르지요. 그들과 협상해 봤으니까요."

서른세 명의 대표는 절대로 협상하러 오지 않는다. 그 대신 상무를 대표하여 소위 말하는 중간 관리자들이 협상하러 온다. 그러나 대부분의 일은 협상이 아니라 그저 서른세 명의 의견을 전달하다가 가는 것이었다.

"일단은 손발을 다 자르고 시작할 생각입니다."

"손발을 다 자르고 시작한다?"

"네, 기업은 기본적으로 인간과 비슷한 운영 체계를 가집니다. 뇌가 있고, 그다음에 일하는 신경계가 있고, 그다음에 직접 일하는 손과 발이 있지요."

"그래서요?"

"뇌가 말이 안 통한다면 우리는 그다음에 있는 신경계를 노리면 됩니다."

"신경계?"

안국민은 이해할 수가 없는 말이었다.

노형진은 그런 그를 위해서 조금은 쉽게 설명해 주기로 했다.

"위에서는 절대적인 갑질로 아래 사람들을 쥐어짭니다.

그런데 그런 행동들은 중간 보직의 묵인이나 적극적인 협조 없이는 불가능하죠."

"그건 그렇지요."

"아마 여기 있는 대부분의 중간 보직들은 아주 오래 일했거나 낙하산으로 온 사람일 겁니다. 내부 승진 형태라면 절대로 이 꼴이 안 났을 테니까요."

"맞습니다. 대부분은 낙하산이죠."

사장의 친인척이나 아는 사람들이 갑자기 하늘에서 뚝 떨어진다. 그게 이 기업의 중간 형태다.

"그런 녀석들이 과연 제대로 된 인간일까요?"

"음?"

"위에서 갑질을 하면서 찍어 누르는데 그 사람들이 과연 인간적으로 대우해 줄까요?"

"그럴 리 없죠."

"맞습니다. 그런 중간관리직들은 위에서 찍어 누르는 걸 배워서 그대로 써먹습니다. 하지만 위와는 다르게 힘이 없지요."

"그게 무슨 말씀이신지…… 아!"

안국민은 눈을 크게 떴다. 노형진의 말이 드디어 이해된 것이다. 중간관리직은 성탁이 아니다. 하지만 성탁의 사장들과 하나가 되어 직원들을 찍어 누른다.

'그건 범죄지.'

위 놈들은 힘이 있으니까 그걸 무마한다. 하지만 중간 계층은 과연 무마할 수 있을까?

"그런 걸 무마하기에 녀석들의 힘은 아무래도 약합니다."

"중간을 공략한다라……. 글쎄요……. 그런다고 놈들이 바뀔까요?"

"안 바뀔 겁니다. 그리고 안 바뀌어야 하구요."

"네?"

"후후, 두고 보세요. 조만간 녀석들의 가장 큰 약점이 드러날 테니까요."

노형진은 자신이 있었다.

−여보! 도대체 무슨 짓을 하고 다니는 거야!

"무슨 짓이라니?"

송국만 부장은 일을 하다 말고는 집에서 걸려 온 전화에 고개를 갸웃했다. 자신이 일할 때 집에서 전화 오는 걸 별로 좋아하지 않기 때문에 보통 하지 않는다는 것을 알고 있는데 전화하자마자 화부터 내기 시작했기 때문이다.

−경찰들이 왔다 갔단 말이야! 당신이 회사에서 여직원들을 성추행했다면서? 미쳤어? 아니, 딸 같은 애들을 왜 성추행하는 건데? 엉?

"무슨 개소리야?"

송국만은 애써 발뺌했지만 심장이 털컥 내려앉았다.

"내가 그럴 인간이야?"

ㅡ안 그런 거면 도대체 왜 경찰이 당신을 찾는데!

"일단 내가 좀 알아볼 테니까 가만히 좀 있어 봐."

ㅡ지금 가만히 있게 생겼어?

"가만히 있으라면 가만히 있어!"

송국만은 전화를 끊어 버리고는 이를 뿌드득 갈았다.

"이런 개 같은 년들이."

자신들을 귀여워해 주는 것도 모르고 은혜를 원수로 갚았다는 생각에 송국만은 이를 뿌드득 갈았다. 그리고 바로 바깥으로 튀어 나갔다.

"야! 김 양하고 이 양! 최 양 어디 있어!"

"네? 글쎄요……."

"당장 안 끌고 와?"

부랴부랴 부하들이 바깥으로 나가더니 아직은 어려 보이는 아가씨들을 강제로 끌고 왔다.

"너희지?"

"네?"

"너희지? 이 개 같은 년들이 귀여워해 주니까 주제도 모르고 기어올라?"

"꺄아악!"

그는 말을 들어 보지도 않고 그대로 세 사람의 **뺨**을 후려쳤다. 세 사람이 바닥을 나뒹굴자 송국만은 그들에게 발길질을 하기 시작했다.

"주제도 모르는 년들이 주인을 고소해? 미쳤지? 응? 너희가 미쳐서 아주 죽고 싶지? 이 동네에서 살기 싫지?"

미친 듯이 밟아 대는 송국만. 그 순간 그의 등 뒤에서 누군가 그를 붙잡았다.

"뭐야! 어떤 새끼야! 뒈지고 싶어!"

"자자, 진정하세요, 형."

"뭐야?"

그가 고개를 돌려 보니 그곳에서는 한 사람은 곤혹스러운 표정으로 서 있었다.

"뭐야? 김 과장, 잘 왔어. 이 개 같은 년들을 당장 집어넣어!"

"형님."

김 과장이라고 불린 남자는 곤혹스러운 표정으로 주변을 둘러보다가 한숨을 쉬었다.

"일 때문에 온 거예요."

"무슨 소리야?"

"형한테 고소 들어간 거 모르셨어요?"

"그러니까 이 개 같은 년들이 넣은 거 아냐!"

"그건 말 못 해요."

"뭐? 김 과장, 우리가 그런 사이야?"

하지만 김 과장은 곤혹스러운 얼굴이 되었다.

"진정하시고 일단은……."

"진정? 지금 집에 사는 똥개 새끼가 주인을 물었는데 진정하게 생겼어?"

"그런 게 아니라……."

김 과장이라 불린 남자는 어떻게 해서든 송국만을 진정시키려고 노력했다. 그러나 그다음 순간 들려온 말에 얼굴이 사정없이 일그러지기 시작했다.

"현행범인데 체포 안 합니까?"

"넌 뭐야?"

"나요? 변호사요. 보아하니 가해자랑 아는 사이인데 아무래도 이거 감사 청구 한번 해야겠습니다."

김 과장은 얼굴이 창백해졌다. 아니, 하필이면 이 순간 변호사가 튀어나올 줄은 몰랐던 것이다.

"무슨 개소리야! 변호사가 왜 나와?"

"아니, 의뢰인을 만나러 온 건데 잘못된 건가요?"

노형진은 피식 웃으면서 다가갔다.

'이럴 줄 알았지.'

노형진은 직원들에게 중간 계통의 범죄 사실을 물으면서 심리 분석도 진행했다. 기왕 하기로 한 거 확실하게 하기 위해서였다.

'툭하면 주먹을 휘두른다고 하더니.'

송국만의 경우 낙하산으로 떨어진 녀석인데 툭하면 주먹

을 휘두르면서 폭력을 행사하는 버릇이 있다고 했다.

'해병대 좋아하시네.'

자기 말로는 해병대를 나온 남자의 자부심이라고 하는데 노형진이 봐서는 그냥 세상 무서운 줄 모르는 철없는 녀석일 뿐이었다.

"자자, 진정하시고."

"뭐? 진정? 진정하게 생겼어?"

송국만이 길길이 날뛰는 사이 노형진은 그들 사이에 끼어들어서 슬슬 이간질하기 시작했다.

'예상은 하고 있었으니까.'

애초에 지금까지 폭력 사건이 없었던 것이 아니다. 그런데 매번 신고가 들어갈 때마다 제대로 처리되지 않았다. 그래서 경찰에 신고도 안 하는 수준이라고 했다.

'그건 누군가 아는 사람이 있다는 것이지.'

그래서 노형진은 계획을 바꿨다. 고소장을 경찰서가 아닌 검찰로 넣은 것이다. 경찰에 넣는 경우 자기들이 걸러 낼 수도 있지만 검찰의 경우 일단 수사 명령이 떨어지면 무조건 수사해야 하기 때문이다.

"체포 안 합니까?"

"뭐라고?"

"아니, 증인이 몇 명이고 거기에다 보복 폭행인데 체포 안 해요?"

이것이법이다

"……."

김 과장이라 불린 남자는 당황했지만 변호사까지 끼어 있는 상황인지라 어찌할 수가 없었다.

"형님, 일단 경찰서로……."

"이봐요. 형님, 형님 하지 말고 현행범에 보복 폭행까지 한 강력 범죄인데 수갑도 안 채웁니까?"

"……."

노형진은 집요하게 수갑을 채우기를 요구했다.

"그건 좀……. 일단 당사자가 같이 경찰서에 간다는데……."

"누가? 내가? 미쳤냐? 이 새끼가 해병대 후임이라고 봐줬더니 감 잃었냐? 누가 누굴 데려가?"

"형님, 상황이 안 좋으니까 일단은……."

"일단이고 나발이고 저 개년들부터 잡으라니까!"

"형님."

"썅…… 안 데려가? 내가 데려간다, 씨발."

진정시키는 김 과장을 밀어내고 보복 폭행을 하려고 하는 송국만.

노형진은 그 사이에서 어쩔 줄 몰라 하는 김 과장을 보면서 히죽 웃었다.

"이거 보복 폭행인데 방관하려고요? 이거 진짜 빼도 박도 못할 감찰 거리네."

"하아."

결국 김 과장은 한숨을 쉬면서 수갑을 꺼냈다.

"이렇게까지 하고 싶지는 않았는데…….."

"뭐야? 지금 뭐 하는 짓거리야! 수갑? 이 새끼가 미쳤나? 형님한테 수갑을 채워? 엉?"

송국만의 두꺼운 손이 허공을 가르면서 김 과장의 얼굴을 그대로 후려쳤다.

철썩.

엄청난 소리가 들리고 난 후 노형진은 그 소리에 살짝 빈정거렸다.

"어이구, 요즘 경찰은 가해자한테 맞고 다니나 봅니다?"

"이…….."

김 과장은 이쯤되자 자신이 어찌할 수 있는 수준을 넘어섰다는 것을 느꼈다. 신고자에 대한 보복 폭행에 경찰 폭행까지.

"수갑 채워."

"네."

"야! 너 이 새끼, 미쳤냐? 미쳤어! 엉? 죽을래?"

같이 온 다른 형사들에게 시켜서 결국 수갑을 채우는 김 과장.

노형진은 그런 김 과장에게 다가가서 알 수 없는 말을 하면서 미소를 보냈다.

"그동안 수고하셨습니다."

"끄응…….."

소광태은 눈이 번뜩거리고 있었다.

'한 장만 더……. 한 장만…….'

그는 눈일 벌게진 채로 카드에 집중하고 있었다.

'하나만…….'

그는 입 밖으로 하나만이라는 말이 도무지가 나오지 않았다. 17. 애매한 숫자였다.

'젠장…….'

블랙잭. 21을 맞추는 게임.

그런데 17이라는 숫자는 운이 더럽게 없는 숫자다. 더 받자니 원하는 숫자가 나올 가능성은 너무 낮은데, 안 받자니 아무래도 21에 근접한 숫자가 아니기 때문이다.

"어쩔 거야?"

"으으으."

"죽지, 그냥……."

하지만 그는 아무런 말도 하지 못했다. 죽으면 눈앞에 있는 수백만 원이 그냥 날아가기 때문이다.

"하…… 한 장 더."

애써 입을 연 그는 다음에 나온 숫자를 받고는 미친 듯이 심장이 뛰기 시작했다.

'4!'

하트 4. 17과 합하면 정확하게 21이다.

'내 거야……. 내 꺼. 흐흐흐.'

그는 탐욕 어린 시선으로 쌓여 있는 장소를 바라보았다.

"이런 젠장."

그런 그의 시선에서 광기가 느껴지자 다들 글렀다는 생각에 입맛을 다셨다.

"씨발, 파토 나면 좋겠네."

누군가 한 말. 그러는 그때였다.

"그 소원, 내가 들어주지."

"응?"

사람들의 시선이 그곳으로 향했다. 오늘 처음 왔다는 인간이었다.

"무슨 수로?"

"이렇게."

노형진은 씩 웃으면서 귀에서 뭔가를 꺼내서 흔들었다. 그와 동시에 문이 부서지면서 한 무리의 사람들이 들이닥쳤다.

"꼼짝 마! 경찰이다!"

"이런 쌍!"

그들은 본능적으로 소원대로 판을 뒤집고 튀려고 했다. 하지만 입구뿐만 아니라 창문까지 모든 입구를 이미 경찰이 틀어막은 상태였다.

"뭐야, 씨발!"

그들은 당황해서 어쩔 줄 몰라 했다.

지난 몇 년간 여기는 걸리지 않는 안전한 하우스라 생각했다. 철저하게 오프라인으로만 운영했고 수시로 장소도 바꿨다.

'뭐, 어려운 건 아니지.'

물론 노형진의 입장에서는 어려운 건 아니다. 소광태의 자리에서 기억을 읽어 내는 것만으로도 이 장소와 들어오는 비밀 암호 같은 것을 알아낼 수 있기 때문이다.

"놔놔! 이 썅!"

소광태는 발악했지만 경찰들은 가차 없었다.

"수고하셨습니다."

"별말씀을요."

노형진은 녹음기와 이어폰을 꺼내서 다시 경찰에게 건네주고는 바깥으로 나왔다. 저것들이 확실한 증거가 되어 줄 것이다.

"자, 이쯤이면 되려나?"

지난 며칠간 수많은 중간 계층 사람들이 잡혀갔다. 폭행부터 도박, 성추행 같은 강력 범죄도 있었고 모욕이나 명예훼손 같은 경범죄도 있었다.

확실한 것은 모두 전과를 달게 되면서 제대로 된 회사 운영이 힘들어지게 되었다는 것이다.

"자, 그럼 다음 타깃을 노려 볼까나? 흐흐흐."

아직 노형진의 사냥은 끝난 게 아니었다.

"빨리빨리 움직여!"

성탁에서 나오는 상품은 하나뿐이다. 그리고 그걸 배달하는 일종의 배달 업체도 있기 마련이다. 유통 구조상 어쩔 수 없는 일이다. 그런 배달 업체 중 한 곳은 바쁘게 움직이고 있었다.

"오늘은 빨리빨리 움직여야 한단 말이다."

태양유통의 배 사장은 마음이 급했다. 봄이 되면서 막걸리 소비가 늘어나기 시작했기 때문에 가능하면 빨리 움직여야 했다.

"다 끝나고 막걸리 한잔하자고."

"오오!"

"빨리 움직여."

그들이 그렇게 빠르게 움직이는 그때였다. 입구로 들어오는 한 무리의 사람들을 보고 그들은 가슴이 덜컹 내려앉았다.

"뭡니까?"

"식품안전처에서 나왔습니다."

"식품안전처에서는 왜……?"

그렇게 말하면서도 배 사장은 진땀을 흘렸다.

"식품위생법 위반 보고가 들어와서요."

"그럴 리가요. 우리는 모든 걸 다 지킵니다."

그는 그렇게 말하면서도 진땀을 감추지 못했다. 그러자 그 식품안전처 직원이 피식 비웃음을 날렸다.

"보면 알죠."

사실 안 봐도 안다. 한두 번 이런 일을 해 보는 게 아니니까.

"일단 신고가 들어왔으니 확인 좀 하겠습니다."

"네…… 잠시만요……. 잠깐만……."

"뭐 감추는 거라도 있습니까?"

"아니요. 그게 아니라……."

그는 다급하게 주머니에서 뭔가를 꺼냈다. 그리고 지갑에서 있는 대로 돈을 긁어모았다.

"힘드신데 이걸로 식사나 한 끼……."

"이런, 그냥 지나가다가 들른 건데 그거 뇌물?"

그런데 하필이면 그때 들리는 한 남자의 목소리. 그런데 그의 모습을 보면 절대로 지나가다가 들른 게 아니었다. 카메라를 들고 찍으면서 지나가다가 들렀다고 하면 누가 믿겠는가?

"왜 이런 걸 줍니까!"

습관적으로 손을 뻗으려던 직원은 황급하게 돈을 뿌리쳤다. 가끔 신고가 들어와도 한번 나와서 적절하게 받아 가는 것도 좋지만 재수 없어서 걸리면 자신은 잘리기 때문이다. 적당한 용돈도 좋지만 '철밥통'이라 불리는 공무원 자리에 비할 수는 없었다.

"일단 찾아보고 나중에 말씀드리죠."

직원은 부랴부랴 자리를 떴고 배 사장은 그를 바라보았다.

"당신 뭐야!"

"나 신고자인데요."

"뭐?"

"신고자라고요. 여기서 현행법 위반이 벌어지고 있다는 걸 알고는 신고했죠."

"뭐라고? 무슨 헛소리야! 우리는 법 잘 지켜!"

"그래요?"

노형진은 피식 웃으면서 가까이에 있는 차량에 다가갔다. 그리고 문을 열고는 손을 내저었다.

"제가 알기로는 막걸리같이 부패하기 쉬운 물건은 냉장차으로 운송해야 하는 거 아닌가요?"

그러나 배송용 차량은 냉장이 꺼져 있었다. 당연하다. 봄이 되었다고 하지만 아직은 더운 정도는 아니니 기름값을 아끼기 위해서다.

"그……."

"그런데 안 지킨다고요? 아, 그리고 인사하세요."

"인사?"

그의 뒤에서 들어오는 한 남자. 그는 주변을 살피면서 고개를 끄덕거렸다.

"설치류 전문가세요."

"설치류 전문가?"

"네, 아마 여기에 쥐가 제법 많을 것 같은데, 안 그런가요?"

"딱 봐도 그러네요, 여기저기 쥐똥이 보이는 걸 보아하니."

배 사장의 얼굴이 사정없이 일그러지기 시작했다.

"김 이사, 이거 어떻게 된 거야?"

성탁의 조문만 사장은 떨어지는 매출에 기가 막혀서 말이 안 나올 지경이었다.

"그게…… 아무래도 사람이 없습니다."

"없다고?"

"네."

"무슨 소리야?"

"그게…… 거래처가 다들 영업정지를 받아서…….."

"그렇다고 이렇게 매출이 떨어져?"

조문만은 이해할 수가 없었다.

물론 거래처들이 식품위생법 위반으로 몇 군데가 영업정지를 받았다는 소리는 들었다. 하지만 매출이 40% 미만으로 떨어질 정도는 아니라는 소리도 함께 들었다. 그런데 매출은 과거의 36% 수준, 즉 3분의 1로 줄어든 것이다.

"그게…… 이상한 소문이 돌고 있습니다."

"이상한 소문?"

"네, 우리와 거래하는 기업들에는 불이익이 간다고……."

"그게 무슨 말도 안 되는 소리야!"

"하지만…… 그게 사실입니다……."

거래하는 영업소가 정지 먹은 정도가 아니다. 심지어 파는 곳조차도 법적으로 걸리는 게 있으면 신기할 정도로 빠르게 경찰이 출동했다.

그러자 안 그래도 영 흉흉한 소문 때문에 찜찜해하던 영업 주들은 너도나도 성탁과의 거래를 끊기 시작했던 것이다.

"아니, 이게 어떻게 된 거야?"

"글쎄요……."

그들은 진땀을 흘리고 있었지만 진짜 배후는 누군지 전혀 감을 잡지 못하고 있었다.

그리고 그 시각, 진짜 배후는 다른 작전을 준비하는 중이 었다.

⚖

"이건 완전히 꼼수 아닌가?"

"꼼수라니요?"

"난 인권 변호를 맡긴 거지, 깡패 노릇을 맡긴 게 아닐세."

서승진은 불편한 얼굴을 하고 노형진을 바라보았다. 해결

책이 나왔다고 해서 왔더니 그 계획이라는 게 터무니없었던 것이다.

"그래서 제가 법을 어겼습니까?"

"뭐?"

"제가 법을 어겼느냔 말입니다. 제가 누구를 협박했나요? 아니면 돈을 빼앗았습니까? 현행법을 어기는 녀석들을 신고했을 뿐입니다."

"그렇지만 그 사람들도 먹고살자고 하는 짓인데……."

"먹고살자고 하는 짓이면 강도도 봐줘야 합니까? 만약 성탁의 사장들이 먹고살자고 한 짓이라고 하면 어쩌실 겁니까?"

"……."

"애초에 저들이 어긴 법들은 지키기 어려운 법들이 아닙니다. 청소 조금 잘하고 물건 정리 조금 잘하면 되는 것들이었습니다. 그런데 자기들이 귀찮다고 안 해서 영업정지 먹은 겁니다. 안 그런가요?"

"음……."

노형진이 노린 부분은 그거였다.

어떤 식당이든 어떤 영업소든 사업적인 편리성 때문에 영업할 때 법적으로 누락되는 부분이 있기 마련이다. 그래서 그런 부분에 대해서 신고한 것뿐이다.

"하지만 성탁과 거래한다고 그러는 건……."

"서 변호사님, 솔직히 말하면 그들과 성탁이 거래하는지 전 모릅니다.”

“뭐? 그럼 그냥 무차별적으로 신고했단 말인가?”

“네.”

“아니, 왜?”

“그만큼 성탁의 규모는 크니까요.”

“…….”

서승진은 말할 수가 없었다. 성탁과 거래한다고 신고한 게 아니라 그냥 무차별적으로 신고했는데 성탁과 거래할 수밖에 없었던 것이다.

“여기는 그들의 본진입니다. 정공법으로 싸워 봐야 못 이겨요. 결국 가장 좋은 방법은 그들을 고사시키는 겁니다.”

“하지만…….”

“재판은 전쟁입니다. 전쟁의 기본은 적을 고사시키는 거지요. 사람 목숨이 달린 전쟁에서 상대방 병사가 굶어 죽을까 봐 고사 작전을 안 쓰실 겁니까? 그럼 아군 병사들은요? 서 변호사님의 인권이란 그 정도밖에 안 되시나요?”

노형진의 마지막 말은 서승진의 가슴을 왠지 후벼 파는 느낌이 들었다.

‘그러고 보니…… 내가 그런 생각을 한 게 언제였던가?’

자신은 인권 변호사로서 유명해졌다. 돈을 못 벌었지만 그래도 상당한 이름을 얻었다.

‘하지만…….’

생각해 보면 인권은 한 사람에게 있는 게 아니다. 이들이 지키기 위해서는 누군가가 희생해야 한다. 아주 잠시라도 말이다.

"결국 모두가 원원하는 것은 없습니다. 둘 중 하나가 죽어야 사는 게 이 세상입니다. 인권을 지키려면 최소한 남이 피해 입을까 봐 눈치 보진 말아야지요. 인권을 지키려고 악덕 기업을 버티게 만들어서 대한민국의 수많은 기업들이 그들의 뒤를 따라가게 만드실 겁니까? 아니면 하나 망하게 해서 일벌백계하실 겁니까?"

"……."

"인권은 한 사람을 구하는 게 아닙니다. 사회를 구하는 거지. 사람을 구하는 것은 일반 변호사가 하는 일이고, 인권 변호사는 사회를 구하는 거 아닌가요?"

"……."

"그래도 이번 일이 잔인하다고 생각하십니까?"

"후우."

노형진의 말이 맞았기 때문에 서승진은 더 이상 뭐라고 할 수가 없었다.

"자네 의견은 알겠네. 하지만 지금 벌어지고 있는 일이 어떻게 집단의 힘이라는 건가?"

노형진이 피식 웃었다.

"제가 그 많은 술집과 거래처에 대한 정보를 어떻게 얻었을까요? 전 그저 사무실에서 일했을 뿐인데요?"

"그거야…… 자네 회사에 있는 정보…… 팀이겠군."

"네."

혼자서 일하면 접근할 수 있는 정보에는 한계가 있다. 하지만 정보 팀이 있다면 접근할 수 있는 정보는 무궁무진해진다.

"대한민국에 이런 말이 있지요. 털어서 먼지 안 나오는 놈 없다."

"그렇지."

"제대로 된 정보 팀이라면 그 먼지를 털어 낼 수 있습니다. 그리고 그 먼지를 털어 내면 당연히 그게 상대방의 약점이 되지요."

"약점 공략이라……. 인권 변호사들은 싫어하는 타입이군."

"아무래도 인권 변호사들은 정석적이니까요."

인간의 기본적 인권에 매달리는 변호사들은 반대로 말하면 정석적인 타입이라는 뜻도 된다. 그런 사람들은 이런 변칙적인 방식을 좋아하지 않는다.

"그리고 그게 인권 변호사들의 약점입니다. 인권을 지킨다는 개념으로 접근하다 보니 정작 변호사의 가장 큰 미덕인 승리에 대해서 감각을 상실하지요. 나중에는 '결국 난 인권을 지키기 위해서 최선을 다했어.' 같은 소리나 하고 말이죠. 하지만 오랫동안 해 보셔서 아실 겁니다. 승리하지 못한 재판은……."

"의미가 없지."

재판에서 이기지 못하면 인권은 발전하지 못한다. 도리어 그 패배한 판례 때문에 그걸 가지고 더 많은 사람들이 더 많은 인권침해를 한다. 자신들은 최선을 다했다고 자조할 수 있지만 정작 그 재판 때문에 더 많은 사람들이 고통받는 것이다.

'나도 늙은 건가.'

서승진은 왠지 기분이 묘했다. 자신이 생각하지 못했던, 아니 인정하지 않고 있던 자신의 실수를 너무나 정확하게 알고 있는 젊은 변호사 때문이었다.

"성탁 같은 사태가 생기지 않게 하기 위해서라도 우리는 승리해야 합니다."

"자네 말은 알겠네. 하지만 이 상태로는 성탁에게서 승리하는 게 아니라 성탁이 망할 걸세."

"그러면 어쩔 수 없구요."

"없다고?"

"설마 성탁이 망한다고 해서 이들이 실업자가 될까요? 어차피 성탁이 망해도 기계는 다른 사람에게 넘어갈 뿐입니다. 그리고 그 기계로 다른 누군가가 다시 술을 만들 테고, 이들은 다시 필요해지겠지요."

"음……."

"한 기업이 망한다고 해서 모든 것이 다 망하는 건 아닙니다."

"그거야 그렇지만……."

"그리고 그 부분은 걱정하지 않으셔도 됩니다. 저를 대신

해서 저쪽에서 쪼아 댈 사람들이 있거든요."

"사람들?"

"네, 후후후. 사람은 원래 돈맛을 보면 못 잊어버리는 법이니까요."

"지금 장난합니까!"

성탁은 보통 사장단 회의를 하지 않는다. 대부분 각자 자리가 있고 그들이 나서지 않아서 알아서 아래에서 직원들을 쥐어짜면서 돈을 가져다 바치기 때문이다.

"그게……."

"최 이사!"

"저로서도 도무지……."

그런데 그게 불가능해져 버렸다. 매출은 급감했고 그들을 쥐어짤 직원은 없어졌다. 문제는 더 있었다. 직원들이 너무 열심히 일하고 있다는 것이다.

"벌써 45톤이나 버렸어요. 어쩔 겁니까?"

"……."

성탁의 주요 상품은 막걸리다. 문제는 막걸리 같은 것은 쉽게 상한다는 것이다. 그런데 그걸 오래 보관할 공간이 없어서 직원들이 열심히 일하면 만들어진 막걸리는 모조리 버려야 한다. 그렇다 보니 적자가 터무니없이 커지는 상황.

"직원을 줄이세요."

"사장님, 그건 불가능합니다. 각 라인에서 최소 인력으로 일하고 있는 상황입니다. 그렇게 하면 라인 자체가 멈춰 버립니다. 그리고 정상화되었을 때 다시 정상적으로 막걸리 생산을 생산할 수 있는 인력을 구할 수가 없습니다."

"……."

워낙 대우가 좋지 않다 보니 여기서 일하는 사람들은 대부분 더 이상 갈 곳이 없는 사람들이다. 즉, 이들을 해고하면 구인 광고를 내도 사람이 오지 않는다. 워낙 악질적으로는 유명하기 때문이다.

"그럼……."

사장단은 한숨을 쉬었다.

"일단은…… 근무시간을 줄이세요."

"네……."

결국 그들은 판매량 감소라는 극단적인 선택을 할 수밖에 없었다.

⚖️

"휴가라니……."

사람들은 신기하다는 얼굴이었다.

지난 몇십 년간 일한 사람들조차도 휴가는커녕 집에 가는 것도 힘들었다. 심지어 어떤 사람은 부모님이 돌아가셨는데도 퇴근 후에 가라고 해서 야근까지 시키고 보낸 경우도 있었다. 그런데 휴가라니.

　　"일단은 한 가지는 했군요."

　　"거참……."

　　안국민은 혀를 끌끌 찼다. 수년간 그들과 싸워 왔지만 휴가는커녕 제대로 된 협상도 하지 못했다. 그런데 휴가라니.

　　"뭐, 일단은 임시적인 겁니다. 재고가 남아도니까 생산량을 줄여야지요."

　　"그거야 그렇다지만."

　　"우리 목적은 기업의 정상화에 있는 만큼 단순히 휴가로 좋아하면 안 됩니다."

　　"그럼 이제 어쩌시려고요?"

　　"이제 슬슬 협상해 봐야지요."

　　"협상?"

　　"네."

⚖

　　"아이구, 반갑습니다."

　　노형진은 눈앞에서 자신을 노려보고 있는 사람들을 보면

서 미소를 지었다. 물론 그의 미소에 대응하는 것은 살벌하
다 못해서 죽일 듯한 눈빛이었다.

"간땡이가 부었군."

"간땡이가 부어야 재판하죠. 안 그렇습니까?"

노형진이 미소를 보이면서 만나는 사람들. 그들은 다름 아
닌 구속되거나 체포된 사람들의 가족들이었다.

"그래, 우리를 보자고 한 이유가 뭔가?"

"별거 아닙니다. 여러분에게 도움을 청하기 위해서죠."

"도움? 도움? 이 새끼야! 너 때문에 우리 아들이 감방에
가 있어!"

노형진의 멱살을 잡고 으르렁거리는 남자.

그걸 본 서승진이 나서서 말리려고 했지만 노형진은 그런
그를 손을 들어서 막았다.

"뭐, 싫으시면 절 한 대 치셔도 됩니다. 하지만 여기서 협
상은 파토 날 테고 합의는 절대 없습니다."

"뭐라고?"

"그리고 여기 계신 분들은 소위 말하는 방귀 좀 뀌시는 분
들 아니신가요? 새론을 적으로 둬서 좋을 게 없다는 것쯤은
아실 텐데요?"

"……."

순간 침묵이 흘렀다.

새론이라는 법무 법인은 유명한 곳이다. 그리고 그들과 적

대한 곳 중에서 그다지 좋은 결말을 맞은 곳이 없다는 것은
익히 알려진 사실이었다.

노형진 같은 경우는 더더욱 그렇다.

우리나라에서 열 손가락에 꼽을 정도로 돈이 많은 인간.

그가 만일 돈지랄을 하기 시작하면 그들은 아무리 노력해
도 이기지 못한다.

"뭐, 저는 상관하지 않을 겁니다. 하지만 새론에 속한 인
권 변호사들은 그냥은 안 넘어가겠지요."

"크윽…….."

멱살을 쥐었던 남자 역시 포기하고 결국 멱살을 풀었다.

노형진은 웃으면서 그들을 바라보았다.

"자, 그럼 이제 대화하실 수 있겠지요?"

"그래서 무슨 요구를 하고 싶은 건가?"

"말 그대로입니다. 성탁의 정상적인 운영에 관한 것이지요."

"성탁?"

"네, 여러분들의 소중한 가족이 그곳에서 낙하산으로 들
어간 건 모르지는 않으실 테고 말입니다."

"그러니까 성탁에 압력을 넣어 달라 이거군."

"그렇지요. 그 대신 저희가 최대한 유리하게 합의서를 써
드리겠습니다."

"음……."

"거절하시면 어쩔 수 없구요."

그들은 침묵을 지킬 수밖에 없었다.

'과연 어떤 선택을 할까?'

성탁에 낙하산으로 들어간다는 것은 좋게 말하면 사장과 우호 관계라는 뜻이기도 하지만, 한편으로는 그들이 사장에게 압력을 행사할 만한 자리에 있는 사람이라는 뜻이기도 하다.

'하지만 이미 자기 자식이 범죄로 잡혀 들어간 상황에서는 어쩔 수가 없지.'

성화 사장단이야 워낙 철저하게 사건을 막아 놨으니 도무지 고소 고발을 해 봐야 의미가 없지만 그런 중간 계층의 낙하산들은 갑작스럽게 당했기 때문에 부랴부랴 수습하기에는 일이 너무 커진 상태였다.

'더군다나 숫자도 적은 게 아니고 말이야.'

더군다나 잡혀간 중간 계통만 해도 일흔 명이 넘는다. 노형진은 그 과정에서 경찰과 친밀한 관계라는 증거까지 모조리 확보해 둔 상황이라 만일 그들을 풀어 주기 위해서 압력을 행사하면 그걸 인터넷으로 풀 수밖에 없고, 이들에게는 정치적으로 그리고 사회적으로 큰 압력이 될 수밖에 없다.

"결과적으로 말씀드려서 여러분들이 성탁을 정상적으로 운영할 수 있게만 해 주시면 됩니다."

"싫다면?"

"거절하신다면야 법의 준엄한 심판을 받아야겠지요."

"너무 기고만장한 거 아닌가?"

"글쎄요. 변호사들이 한두 명도 아닌데 기고만장할 정도의 자신은 있어야 하지 않겠습니까?"

"음."

인권 변호사라고 해서 인맥이 없는 것은 아니다. 즉, 원하면 더 강력한 처벌을 받게 할 수도 있다는 뜻이다.

"우리가 요구하는 건 별거 아닙니다. 성탁에 대한 압력 행사."

사실 이 안에는 성탁의 사장단도 있다. 자기 회사에 자기 자녀나 가족을 집어넣는 게 당연하다고 생각했기 때문이다.

문제는 그들이 제대로 사회생활을 할 줄 아는 놈이 아니라는 것이다. 그런 놈이었다면 낙하산으로 그곳에 들어가지는 못했을 테니 말이다.

"간땡이가 부었군."

"아까도 말씀드렸다시피 그래야 변호사 노릇하는 거 아니겠습니까?"

노형진은 피식 웃었다.

"제가 알기로는 사장단이 매달 가지고 가는 돈이 1인당 3천만 원 정도라고 들었습니다. 그들이 매달 200만 원만 포기하면 사람들에게 정상적인 식사과 출퇴근 그리고 직원 복지를 지원할 수 있지요. 안 그런가요?"

노형진은 지그시 누군가를 한 명씩 바라보았다. 이번에 가족들이 감옥으로 들어간 사장단이었다.

"물론 그 200만 원이 아까워서 감방에 넣어 버릴 수도 있지요. 그렇게 된다면 저희 새론에서는 최선을 다해서 배상 책임을 묻는 수밖에요. 피해자가 여러 명인지라 한 1억 이상의 배상 책임은 나올 것 같은데요?"

이번에는 사장단이 아닌 가족들을 바라보는 노형진.

'흐흐흐, 내가 이래서 미리 자리를 구분해 놨지.'

사장단과 일반인들 사이에서는 미묘한 기류가 흐르기 시작했다.

사장단은 자신들의 돈이 아까웠다. 그런데 일반인들은 가족들이 전과를 다는 데다가 그 손해배상까지 따로 해야 한다는 말에 지그시 사장단을 바라보기 시작했다. 즉, 알아서 기라는 압력을 넣기 시작한 것이다.

"그러니까 여러분들이 상의해서 좋은 결과 있기를 바랍니다."

노형진은 거기까지만 말하고 자리에서 벗어났다.

"아 참, 합의 기간은 앞으로 2주 남았습니다. 아시죠?"

노형진이 마지막 말을 남기고 바깥으로 나가자 안쪽에서는 격한 고함 소리가 터져 나오기 시작했다.

⚖

"끝내주네."

지금까지 완전히 철옹성 같은 성탁이었다. 대화는커녕 전혀 이빨도 들어가지 않던 곳이었다. 그런데 갑자기 흔들리기 시작했다.

"내분이죠. 원래 싸움은 내분부터 유도하는 게 기본입니다."

낙하산으로 가족을 보낸 사람들은 하루가 멀다 하고 압력을 행사했다.

당연히 성탁의 사장단은 버티려고 이를 악물었다. 하지만 사장단 중 일부의 가족도 감옥으로 들어간 데다가 노형진이 공언한 대로 여러 명의 변호사들이 압력을 행사하자 경찰도 전처럼 모른 척 봐줄 수가 없었다.

더군다나 안국민은 기회라는 걸 알아차리고는 여러모로 직접 로비하자 더더욱 싸움이 커지고 있었다.

"하지만 사실 결정된 싸움이죠."

저들이 법을 위반하고도 버틸 수 있었던 것은 자신들의 파워도 있었지만 그렇게 자신들을 밀어주는 사람들의 지지도 있었기 때문이다.

'하지만 이제는 글러 먹었지.'

그러나 노형진은 그들 내부에 분란을 일으켰고, 결과적으로 그들로부터 지원을 받지 못하게 만들었다.

"아무래도 감방에 들어가신 아드님 중에 제법 높은 분 아드님도 있으신가 봅니다."

노형진은 안으로 들어가는 한 무리의 사람들을 보면서 혀를 끌끌 찼다.

어제는 식약청에서 오더니 오늘은 감사실에서 온 것이다.

그리고 내일은 세무 팀에서 온다는 이야기가 있었다.

'그럴 테지.'

이렇게 잘나가고 월급 많이 주는 '철밥통'에는 누구나 가족을 집어넣고 싶을 테니 말이다.

"이거참……."

서승진은 차에 앉아서 그렇게 들어가는 사람들을 보면서 혀를 내둘렀다.

"얼마 후면 결판이 날지도 모르겠군."

"날 겁니다. 칼로 흥한 자, 칼로 망한다고 하죠? 인맥을 이용해서 사건을 덮던 놈들은 그 인맥이 바닥을 드러내면 그 결과가 나오기 마련이니까요."

노형진은 고개를 끄덕거리면서 다시 한 번 회사의 입구를 바라보았다.

⚖

며칠 뒤, 노형진에게는 손님이 찾아왔다.

"반갑네."

"드디어 결심을 하신 겁니까?"

노형진은 서승진을 보면서 물었다.

서승진은 고개를 끄덕거렸다.

"이번에 확실히 알았네. 조직이라는 건 그 자체로도 압력이 되는 것 같더군."

노형진이 새론이라는 조직이 없었다면 과연 저들이 노형진의 말대로 했을까?

아니었을 것이다. 상대방이 제법 커다란 조직인 만큼 상대하기 껄끄러우니 적당히 협상을 시도한 것이지, 만일 개인 변호사였다면 어떤 식으로든 노형진을 입 닥치게 만들었을 것이다.

"그래서 사건은 어떻게 되었나요?"

"그동안 체불임금을 모두 돌려주고 3교대로 운영하기로 했네."

"그리고요?"

"복지 부분도 최소한 법에서 인정한 부분은 해 주기로 했네. 일단은 말이지."

"후후후."

"어쩌면…… 자네 말이 맞을지도 모르겠군. 이제 '독고다이'의 시대는 지났는지도 몰라."

노형진이 집단을 이용해서 시중에 압력을 가하지 않았다면 성탁의 매출은 떨어지지 않았을 것이다. 그리고 협상 자리에서 서승진 혼자였다면 철저하게 무시당하는 것으로 모든 것이 끝났을 것이다.

"지금까지 대한민국은 인권 변호를 하는 전문적인 그룹이 없었습니다. 당연히 압력도 없었지요. 하지만 압력을 행사할 수 있는 수준의 그룹이 생긴다면 세상은 좀 더 빠르게 좋은 쪽으로 발전할 수 있을 겁니다."

서승진은 고개를 끄덕거렸다. 그리고 마음을 굳혔다.

"잘 부탁하네, 노 변호사."

"저야말로 잘 부탁드립니다, 서 변호사님."

노형진은 그의 두 손을 꽉 잡는 것으로 그를 환영했다. 그렇게 새론에는 대한민국 최초로 인권 변호 팀이라는 것이 자리를 잡았다.

진실은 누구도 모른다

"환영합니다."

"이렇게 환대해 주니 몸 둘 바를 모르겠습니다."

드디어 새론에 들어온 서승진 변호사를 환영하는 자리가 마련되었다.

송정한은 먼저 일어나서 그에게 악수를 건네면서 격하게 그를 환영했다.

"애초에 제 꿈이 인권 변호사였습니다. 애석하게도 돈 때문에 포기했지만 조금이라도 도움을 드릴 수 있게 되다니 조금은 꿈을 이룩한 것 같아서 좋군요."

"아닙니다. 도리어 저도 많이 배웠습니다. 시대가 바뀌고 있는데 너무 올드 한 스타일로 지낸 것 같기는 하더군요."

자신들은 전혀 생각하지 못한 부분들이었다. 낙하산과 그들의 가족 그리고 그들을 통한 압박과 소문을 통한 매출 감소까지.

"솔직히 우리는 그런 생각을 하기는 했습니다. 똑같은 짓을 하면 저들과 똑같은 놈이 된다."

서승진은 잔을 받아 들고는 왠지 새삼스러운 눈빛으로 주변을 바라보았다.

"하지만 노형진 변호사가 하는 말을 들으면서 많은 것은 느꼈습니다. 우리는 변호사지요. 세상이 우리를 욕해도 이겨야 하는 존재 말입니다. 정작 인권 변호사라고 하면서도 욕먹는 건 싫어했다는 게 이제 와서 생각이 나더군요."

"하하하."

다들 웃기는 했지만 마음 한편으로는 수긍했다.

"맞습니다. 승리하지 못하는 변호사는 의미가 없지요. 그리고 제가 가장 싫어하는 말이 우리는 똑같은 놈이 되지 말자는 겁니다."

노형진은 서승진의 말을 받으면서 말을 꺼냈다.

"다른 사람은 몰라도 우리는 의뢰인을 위해서 그리고 사회를 위해서 우리 몸에 똥칠을 해야 합니다. 똑같은 놈이 되기 싫어서 모른 척하는 게 아니라 똑같은 놈이 되어서 승리하고 나서 그 모든 것을 놔야 하지요. 그게 변호사입니다."

누구나 할 수 있지만 가장 힘든 요리가 라면이라는 말이 있다. 정석의 맛을 낸다는 것이 그렇게 힘든 것이다.

변호사도 마찬가지다. 공부를 잘하면 변호사라는 타이틀을 딸 수는 있겠지만 신념이 없다면 그건 그저 변명꾼에 지나지 않는다.

"그리고 이제 인권 변호 팀이 우리 새론의 새로운 신념이 될 것입니다. 새론이 왜 새론입니다. 매일같이 새로움을 추구한다고 해서 제가 지은 이름입니다. 그리고 오늘은 어제와는 다른 새론을 맞이하게 되었네요. 새로운 새론을 위하여!"

"위하여!"

마지막으로 잔을 들어 올리자 다들 시원하게 맥주를 들이켰다.

"캬!"

노형진 역시 술을 잘하지는 않았지만 한 잔 정도는 분위기를 위해서 맞춰 주기는 했기 때문에 쭉 마시고 환영식에 어울렸다.

그렇게 그날 환영식이 한참 지나고 있을 때였다.

"이보게나, 노 변호사."

"네?"

"내 부탁이 있는데 하나 들어주겠나?"

"부탁이라니요?"

"자네는 잘 모르겠지만 이런 일을 하다 보면 가슴에 남아서 상처를 후벼 파는 사건이 있다네."

노형진은 왠지 모를 서글픈 얼굴이 되었다.

"알지요. 너무나 잘 알지요."

"자네는 변호사 생활 오래 하지도 않았잖나?"

"그렇다고 해서 상처가 된 사건이 없는 건 아닙니다."

"하긴 그렇군. 자네가 다른 변호사보다 훨씬 조숙하다는
걸 자꾸 잊어버린단 말이야."

"하하하."

노형진은 웃고 말았지만 사실 그가 기억하는 사건은 이번
생이 아닌 지난 생에 생긴 일이었다.

이제는 일어날 일이 없는 그 사건.

'그래도 그걸 막았다는 것만으로도 이번 생은 충분한 것
같기는 해.'

너무나 가슴 아파서 전 국민에게 기억되는 그 사건은 결코
일어나서는 안 되는 사건이었다. 그리고 그 사건에서 노형진
이 아무리 애타게 노력했지만 바뀌는 것은 없었다.

"그래서 말인데…… 내가 지난번에 자네를 보고 느낀 게
있었네. 나도 바뀌어야 한다는 것. 기존의 관점이 아닌 다른
관점에서 말일세. 너무 늦었을지도 모르지만 말이야."

"아닙니다. 시간은 충분할 겁니다."

"글쎄…… 그건 모르겠네. 하지만 나는 그럴지도 몰라도
아닌 사람은 아니지. 그래서 자네가 내 한을 좀 풀어 줬으면
하네. 염치는 없지만 말이야."

이것이 법이다

"네?"

갑작스러운 서승진의 부탁에 노형진은 고개를 갸웃했다. 서승진의 한이 될 만한 사건이라는 것은 결과적으로 이미 끝난 사건이라는 뜻이기 때문이다.

"설마 지금 진행 중인 사건인가요?"

"아닐세. 하지만 증거만 명확하게 나온다면 아마도 그를 구할 수는 있을 거야."

"음……."

노형진은 잠시 서승진을 바라보았다. 이제는 반백이 훨씬 넘어 버린 오래된 변호사. 그의 한이 된 사건이라.

"제가 내일 찾아뵙겠습니다."

"그래 주면 고맙겠군."

"오늘은 즐기시죠. 아실지 모르지만 우리는 직원과 변호사의 격이 좀 없는 편이라서요."

"나도 그런 게 좋네. 인권 변호사 노릇을 좀 했더니 무게는 영 안 맞아. 하하하."

서승진이 웃는 것을 보면서 노형진은 그가 부탁하려는 사건이 뭔지 참으로 궁금하다는 생각이 들었다.

"서 변호사님."

"아, 마침 오는군."

노형진은 결국 궁금증을 참지 못하고 아침 일찍 그의 사무실로 들어갔다. 그러자 그 안에서 서류를 정리하고 있던 그를 만날 수 있었다.

"어수선하지? 아직 정리가 안 되어서 말이야."

"아닙니다. 그나저나 팀 모집은 잘되어 가십니까?"

"몇몇이 동참해 주기로 했네. 뭐, 그중에는 생계 때문에 동참하는 사람이 있기는 하지만."

"인권 변호사를 한다는 것만으로도 충분히 깨어 있는 분입니다."

인권 변호사는 돈이 되는 것이 아니다 보니 아무래도 생계 문제가 없다고는 말할 수 없기 때문에 노형진은 충분히 그걸 이해할 수가 있었다.

"하여간 자네가 그 사건을 해 준다고 하니 나로서도 기쁘네. 내 평생 한이 되는 사건이었거든."

"그래요?"

"이 사건일세."

노형진에게 오래된 서류철을 넘겨주는 서승진.

노형진은 그 맨 앞 페이지를 열어 보고는 흠칫했다.

맨 앞 페이지에는 판결문이 적혀 있었는데 그 내용이 절대 무시할 수 없는 것이었기 때문이다.

"사형? 사형요?"

"그래, 사형이네."

판결문에 떡하니 박혀 있는 내용. 다름 아닌 사형.

'사형이라서 그렇게 한이 된 걸까?'

노형진은 문득 그런 생각이 들었다.

인권 변호사들의 대부분은 사형을 싫어한다. 그게 정상이다. 사형이야말로 최악의 인권 말살 행위니까.

"그렇게 보지 말게나. 물론 나도 사형제 폐지론자이기는 하지만 단순히 사형수라서 한이 되지는 않았다네."

"네."

"사형수가 몇 명인데 그들에 대한 모든 것을 가슴에 담아 두겠나?"

"그럼 이건?"

"후우."

서승진은 자리에 앉아서 담배를 꺼내 물었다. 그리고 마치 과거를 회상하듯 한참을 그렇게 눈을 감은 채로 앉아 있었다.

"15년 전 사건일세."

"15년 전요?"

"그래."

천천히 사건에 대해서 설명하는 서승진.

"그 사람은 솔직히 불쌍한 사람이지."

그는 보육원, 즉 그 당시에는 고아원에서 자라났다. 성인이 되고 난 후 단돈 50만 원을 들고 사회로 내던져지다시피 나와야 했고 그 50만 원은 채 몇 달이 되지 않아서 사라졌다.

"그 후에 그는 자연스럽게 범죄자의 길에 빠지게 되었네."

살기 위해서 도둑질을 하기 시작했고 점점 범죄자의 길에서 벗어날 수가 없어졌다. 전과도 생겼고 사람들의 시선은 점점 차가워졌으며 다른 일은 꿈도 꾸지 못하게 되었다.

"단순히 어려서 불쌍했다고 한이 된 건 아닌 것 같은데요?"

"그렇지. 그런 사건은 흔한 거 아닌가. 내가 한이 된 것은 그가 진짜 살해범이 아니라는 걸세."

"진짜라니요?"

"그의 말에 따르면 일이 꼬인 것은 빈집에 도둑질을 하러 갔을 때였다고 하네."

한여름. 사람들이 휴가를 간 시점이 빈집털이에게는 가장 반가운 시점이다. 그리고 그는 그 시기를 맞이해서 도둑질을 하러 어떤 빈집에 들어갔다. 아니, 빈집이라고 생각하는 곳에 들어갔다고 한다.

"그런데 그곳은 생각과는 다르게 빈집이 아니었던 게 문제일세."

그곳에 들어갔던 곳에서 본 것은 죽어 있는 아이와 죽어 가는 엄마였다. 도둑놈 주제에 무슨 정이 그렇게 많았는지 그냥 나왔어야 했는데, 죽어 가는 사람을 살리겠다고 별짓을 다한 모양이었다. 어줍지 않게 인공호흡도 해 보고 심장마사지도 해 보고 119도 불렀다.

"에? 그런데 사형이라니요?"

"차라리 그곳에 있었어야 했는데."

그는 전화하고 나서야 자신이 도둑이라는 사실을 깨닫고는 도망쳤다고 한다. 그 엄마가 살기를 바랐지만 애석하게도 그녀는 죽었다. 그리고 남은 것은……

"흔적이군요."

"그렇지."

사방에 남은 그의 유전자와 지문들.

순식간에 그는 살인범으로 몰렸다. 신고한 사람이 자신이라고 외쳤지만 누구도 그 말을 믿어 주지 않았다.

"멍청했던 거지."

"끄응……"

지금도 그 말을 잘 안 들어 줄 판국이다. 하물며 15년 전의 경찰은 절대로 선진 경찰이라고 할 수 없을 시점이었다.

"결과적으로 그는 살인죄를 뒤집어쓰고 사형을 언도받았네."

"보통 두 건의 살인으로는 사형이 안 나올 텐데요"

"방 안에서 그 집 가장의 시체가 같이 나왔거든. 그것도 아주 처참하게 난자당해서."

최악이었다.

"자네는 아마 기억 잘 못할 거야. 어릴 때니까."

서승진의 말로는 일가족 참살 사건이라고 언론에 대서특필되어서 전 국민의 공분을 샀던 사건이라고 한다.

"그리고 그는 그렇게 사형수가 되었지."

그 부분에서 서승진은 살짝 얼굴을 찡그렸다.

"물론 그는 도둑질을 하던 도둑놈이 맞아. 하지만 사형수로서 15년일세. 이미 도둑놈으로서의 형벌은 끝났다고 생각하네."

"그건 그렇지요."

"다만 더욱 안타까운 건 그 가족을 죽인 누군가는 아직도 바깥에서 떵떵거리면서 잘 살고 있다는 것이지."

"흠……."

노형진도 그 부분이 영 꺼림직 했다.

'범인은 바깥에 있다는 건가?'

그는 자신에게 벌어진 일이 운이 좋았다고 생각하면서 낄낄거리면서 여전히 세상에서 살고 있을 것이다.

"그 사건을 자네가 좀 해 줬으면 하네. 내 관점으로는 도무지 방향이 안 보이더군."

노형진은 고개를 끄덕거렸다.

"그 사건, 제가 해결하겠습니다."

"생각보다 유명한 사건인데?"

인터넷 시대가 좋은 점은 몇 번의 검색만으로 충분한 정보를 얻을 수 있다는 것이다. 노형진이 그 관련 사건을 찾는 데에는 그다지 시간이 걸리지 않았다.

그는 그 뉴스를 보면서 얼굴을 찌푸렸다.

"이거 완전 곤란한데?"

언론에서는 그를 하나같이 천하의 죽일 놈처럼 표현하고 있었다. 이슈에 따라서 그리고 이슈에 따라서 몰리는 대한민국 국민의 특성상 그게 이상한 것은 아니지만, 문제는 그렇게 된 경우 재판부에서 판결을 뒤집을 가능성이 낮아진다는 뜻이 된다는 것이다. 더군다나 대법원까지 간 사건을 말이다.

"이상하기는 하네요."

옆에서 서류 기록을 살피던 김소라 역시 묘한 표정이었다.

이번 사건은 사건 자체도 오래되고 워낙 힘든 사건이다 보니 노형진은 도움을 받을 수 있는 김소라를 부른 것이다.

'내가 기억을 잃었다고 할 수도 없으니 말이야.'

하여간 김소라는 사건 자체를 프로파일링하기 위해서 몇 번이나 서류를 검토한 끝에 한 가지 결론을 낼 수 있었다.

"이건 원한에 의한 살인이에요. 아는 사람이고 나이는 30대 중반쯤 아마도 여성일 것 같네요. 숫자는 두 명 정도."

"여성요?"

노형진은 당황했다. 원한에 의한 살인이라 생각은 했지만 설마 여성이라는 것은 예상하지 못했던 것이다. 거기에다 두 명이라니?

"네, 일단 남자는 참혹할 정도로 잔인하게 살해당했어요. 그건 그가 원한의 주요 대상이었다는 거죠. 그리고 살해 직전 아내와 아이를 따로 분리했어요. 구속의 형태로 봤을 때 상대방의 저항을 무력화시킬 목적인 것 같네요. 아내와 아이가 인질로 잡혀 있으면 저항하기 힘드니까요. 그럼 필연적으로 분리되니 범인이 두 명 이상일 수밖에 없어요. 게다가 살인에 사용된 무기의 형태는 두 개. 그러니까 더더욱 두 명이라는 소리가 되죠."

"음……."

확실히 전문적으로 프로파일링을 배운 그녀는 노형진은 생각하지도 못한 부분에서 이상한 점을 찾아내고 있었다.

"여성이라는 건?"

"남자 두 명이라면 무리해서 분리하지 않아도 피해자를 제압했을 거예요."

즉, 상대방이 저항한다면 제압하기에는 힘이 부족한 존재. 여성일 가능성이 높다는 것이다.

"그리고 다른 이유도 있어요. 이 상처를 보세요."

피해자의 상처를 보여 주는 그녀.

보기 좋은 사건이 아니었지만 노형진은 꾹 참고 볼 수밖에 없었다.

"생각보다 깊지 않군요."

"네, 원한을 가지고 있다면 전력을 다해서 찔렀을 거예요.

그럼에도 불구하고 칼은 그다지 깊이 들어가지 못했어요. 어머니였던 피해 여성의 경우는 더욱 조금 들어갔죠. 아마도 피해 여성이 나중까지 살아 있을 이유가 그것이었을 거예요. 정작 그는 원한의 대상이 아니니 힘이 더 빠졌을 테니까요."

"음……."

확실히 남자의 상처는 제법 깊었다. 그에 반해서 여성과 아이의 상처는 깊은 편은 못 되었다.

"그리고 아이의 상처는 상처가 두 가지예요. 하나는 주저흔이 무척이나 많은 반면, 하나는 한 번에 찔러 넣었지요. 갑자기 사람이 이렇게 돌변할 수는 없으니."

"두 사람이군요."

"네, 아마도 한 사람이 제대로 처리하지 못하자 나머지 한 명이 나선 듯하네요."

"전형적이군요."

두 명으로 이루어진 살인범 그리고 원한 관계.

이런 사건들은 보통 한 명의 리더가 지배하기 마련이다. 한 명은 종속적이며 또한 수동적이다.

"원한을 가진 남자는 리더가 처리하고 엄마는 다른 사람이 처리한다."

"네."

"그리고 그 둘은 가족을 아는 사람이라는 뜻이네요."

"그렇지요. 안 그렇다면 아이를 죽일 이유가 없지요."

아이의 나이는 대략 다섯 살 정도. 제대로 된 증언을 하기에는 한계가 있는 나이다. 그럼에도 불구하고 죽였다는 것은······.

'결국은 아이가 증언할 수 있을 만큼 면식범이라는 소리지.'

생김새 같은 건 설명을 못하지만 다섯 살이면 사진을 보면서 이 사람이라고 이야기는 할 수 있는 나이다.

"그러면 강찬술은 안 좋은 시간에 안 좋은 자리에 있었을 가능성이 높군요."

"네."

사형수로 가 있는 강찬술은 억울하겠지만 그저 안 좋은 장소에 있었던 것뿐이다.

"그런데 이런 사건을 제대로 수사도 안 했군요."

"안 했다기보다는 그 당시에는 그다지 범죄 심리에 대해서 정통한 때가 아니었으니까요."

"하긴······ 그리고 경찰이 한창 무능할 때이기도 했죠."

그 당시에는 경찰의 행동을 보면 아주 단순했다. 범인이 없으면 범인을 만든다. 숱하게 많은 사람들이 난데없이 끌려가서 두들겨 맞거나 고문당하고 범인이라는 죄를 뒤집어써야 했다.

하물며 그 당시에 온갖 흔적을 다 남긴 사람이 있으니 당연히 그가 범인이 될 수밖에 없다. 게다가 그가 전과를 가진 전과자라면 더욱더 말이 안 통할 수밖에.

"문제는 이 사건은 종결된 사건이라는 거네요."

"그렇지요. 이미 대법원에서 판결까지 떨어진 이상 이걸 제대로 바로잡으려면 그 범인을 잡아야 할 겁니다."

대법원까지 간 사건을 뒤집으려면 아주 강력한 증거가 있어야 한다. 그런데 15년이나 지난 지금에 와서 그런 강력한 증거가 있을 리 없으니 결국 방법은 범인을 찾는 거 하나뿐이라는 소리가 된다.

"가능하시겠어요?"

김소라는 얼굴을 찌푸리면서 물었다.

자신도 경찰 쪽에서 수많은 사건을 처리했고 이쪽에 와서도 적지 않은 사건에 대해서 감수해 주고 있지만, 대법원의 사건을 뒤집는다는 것은 쉬운 일이 아니다. 하물며 범인을 잡는다는 것은…….

"해 봐야지요."

노형진은 걱정스럽게 중얼거릴 수밖에 없었다.

⚖

"이런…….."

재수가 없으려면 어떤 식으로 해도 재수가 없다고 해야 할 것이다. 그리고 노형진이 믿고 있는 유일한 방법인 사이코메트리는 현장에 도착하고 나서야 사용할 수 없다는 사실을 깨달았다.

"재개발?"

"네."

원래 그 살인 사건이 난 집이 있던 자리에 올라와 있는 높다란 아파트들. 그리고 이상한 시선으로 자신을 바라보는 사람들.

"한 12년 전쯤에 새로 올렸지요."

부동산 업자는 고개를 갸웃하면서 물었다. 옛날 주소를 가지고 와서 묻기에 혹시나 하고 데려왔는데 말이다.

"그럼 거기에 살던 사람들은요?"

"글쎄요. 오래전이라 몰라요."

"그 집입니다, 아주 오래전에 살인 사건이 났던. 혹시 거기에 살던 사람에 대해서 아십니까?"

"아아아, 그 집. 모르죠. 하지만 내 기억이 맞다면 그 살인 사건이 터지고 나서는 아무도 안 살았던 것 같은데?"

"……."

하긴 살인 사건이 나서 일가족이 다 죽은 곳에서 살려고 하는 사람이 누가 있겠는가? 그나마 재개발을 했으니 그러려니 하겠지만.

"허……."

노형진은 혀를 끌끌 찰 수밖에 없었다.

함께 온 김소라는 주변을 보면서 당황했다.

"집을 봐야 아무것도 없을 거라고 생각은 했지만……."

최소한 이 근처에서 살던 사람들에게서 뭔가를 알 수 있지 않을까 하는 생각에 김소라 역시 함께 여기까지 온 것이다.

그런데 아무것도 없었다. 단 하나도 말이다.

"혹시 전에 살던 사람들에 대해서 아시는 거 있습니까?"

"알 리 없죠."

"끄응……."

재개발하면서 이사 간 사람도 있겠지만 그 아파트에 들어온 사람도 있을 수 있다. 하지만 그렇다고 해서 그들에 대해서 알 수 있을 리 없다.

'달리 아파트가 아니란 말이지.'

바로 옆에도 누가 사는지 모르는 게 아파트다. 당연히 그런 사람들에게 정보를 얻어 내는 것은 불가능했다.

"무슨 일 때문에 그러시우?"

"그 당시 일어났던 살인 사건에 대해서 조사 중입니다. 혹시 기억하는 것 있으세요?"

"나도 여기 온 건 한 11년쯤 되었지. 그런 사건이 있었다는 소문은 들었지만 자세한 건 모른다우."

그럴 것이다. 단순히 집을 새로 올린 것도 아니고 이 주변을 싹 밀어 버리고 아파트를 새로 올린 것이다. 당연히 주변의 모든 건물이 밀렸을 테니 이 부동산 업자도 그 후에 온 사람일 수밖에 없다.

"김소라 씨는 어떻게 생각하시나요?"

"이러면 대책이 없어지는데요?"

아무리 프로파일러가 사람을 읽어 내는 능력이 좋은 사람이라고 해도 결국은 뭔가 있어야 읽을 수 있는 거지, 전혀 아무것도 없는데 읽어 낼 수는 없다.

"아……."

노형진은 머리를 붙잡고 신음 소리를 낼 수밖에 없었다.

⚖

"사건 당시요?"

"네."

결국 노형진이 그나마 정보를 얻을 수 있는 것은 강찬술뿐이었다.

"그때 일을 기억하고 싶지도 않습니다."

"하지만 여기서 죽을 때까지 살고 싶지는 않으실 거 아닙니까?"

"……."

"물론 포기하셨다는 거 압니다. 쓸데없는 희망을 드리는 것일 수도 있지요. 하지만 그렇다고 해서 죽을 날만 기다릴 수는 없지 않습니까?"

"……."

"기대는 안 하셔도 좋습니다. 하지만 어차피 포기한 거라면 그냥 한풀이한다 생각하시고 이야기해 보세요."

이것이 법이다

노형진의 말에 강찬술은 한숨을 푹 쉬었다.

"서 변호사님은 전부터 저를 불쌍하게 생각해 주셨지요."

"그분이 많이 신경 써 주시는 거니까요."

"솔직히 기대도 안 합니다. 하지만 그분이 저를 위해서 해 주신 걸 봐서 그 당시 사건에 대해 이야기해 드리지요."

강찬술은 천천히 그 당시 있었던 일을 이야기하기 시작했다.

"전 그 당시에 돈도 아무것도 없는 반거지나 마찬가지였습니다."

그가 고아원에서 나오고 난 후 도둑질을 어떻게 하게 되었는지, 도둑질을 어떻게 배웠는지는 간략하게 설명한 그는 그날 있었던 일을 천천히 이야기하기 시작했다.

"그 당시에 저는 빈집털이를 주로 했습니다."

빈집을 털면 일단 누군가를 안 만나도 되기 때문에 그나마 마음이 편했기 때문이다.

"그리고 그날도 빈집을 털러 가는 길이었지요."

"그런데 그 집이 왜 빈집이라고 생각하신 겁니까?"

"우편물을 보고 알아차렸습니다."

"우편물요?"

"네."

그 당시는 휴가철이다. 당연히 수많은 사람들이 휴가를 간다. 하지만 대부분의 사람들은 휴가를 갈 때 들떠서 자신들이 얼마나 많은 실수를 하는지 모른다.

"우편물이나 광고 전단 같은 것이 잔뜩 붙어 있으면 십중 팔구 빈집이었지요. 그 집도 그런 집이었습니다."

'지금 SNS랑 똑같구만.'

지금도 수많은 사람들이 자신의 일상을 SNS에 올린다. 당연히 휴가 가서도 올리는데, 도둑들은 그걸 보고 빈집인 걸 알아낸다고 한다.

"그 집도 마찬가지였지요."

쌓여 있는 우편물과 광고 전단을 보고 강찬술은 그 집이 빈집이라 생각했다.

"그래서 들어갔지요."

문을 따고 들어갔을 때 그는 비릿한 피 향기에 깜짝 놀랐다고 한다.

"그때 도망갔어야 했어요."

그러나 그러지 못했다. 도대체 무슨 생각이었는지 그는 작은 방으로 들어갔고 그곳에서 쓰러진 두 사람을 발견했다.

"아이는 이미 죽은 후였고 여자는 살아는 있었지만 죽어가는 중이었지요. 전 그들을 살리려고 했습니다. 제 인생에서 가장 멍청한 짓이었지요."

그 당시에는 교련이라는 과목이 있었다. 남학생들의 과목이었는데, 기본적인 군사 지식과 응급 구호 지식을 배우는 것이었다. 한국은 전쟁 중인 국가라 비상시 학도병으로 쓸 수도 있기 때문이다.

이것이 법이다

"전 그래도 살려 보려고 했습니다."

그러나 자신이 할 수 있는 것은 없었다. 그래서 그는 황급하게 집 전화로 전화를 걸어서 구급차를 불렀다.

"그 후에야 아차 싶었지요."

자신은 빈집털이 전과가 있는 사람이었다. 그런 사람이 빈집인 줄 알고 들어갔다가 이들을 발견했다고 하면 다시 전과를 달게 될 거라 생각했다.

"그래서 도망친 겁니다."

"그게 끝인가요?"

"끝입니다……. 제가 한 건 그 여자를 살리기 위해서 노력한 것뿐입니다."

"음……."

아니나 다를까, 그의 기억에도 제대로 남은 것은 없었다.

'기억을 읽어 봐도 그렇고.'

그가 말하는 사이 노형진은 혹시나 그가 인식하고 있지만 못 본 것이 있나 하고 그의 기억을 읽어 봤다. 하지만 그의 기억 속에서도 제대로 남아 있는 게 없었다. 사실 그 와중에 모든 것을 기억하는 것은 한계가 있을 테니까.

"얼마 후에 경찰이 제가 살던 여관방으로 들이닥쳤지요."

그들은 그를 강제로 끌고 간 후에 무자비하게 두들겨 패기 시작했다. 자신이 아무리 사실을 말해도 그들은 들은 척도 하지 않았다. 그리고 얼마 후 자신이 살인범으로 언론에 나갔다는 사실을 알았고 그렇게 그에게는 사형이 언도되었다.

"그리고 그게 끝이었습니다."

"그래요."

"네."

노형진은 침묵을 지켰다.

'아무것도 없군.'

그의 혐의를 벗겨 줄 것이 아무것도 없는 상황.

노형진은 그의 말을 한참 곱씹다가 뭔가 이상하다는 사실을 알아차렸다.

"그러고 보니 그곳에 왜 들어갔다고 했죠?"

"들어간 이유요? 도둑질하러 들어간 거죠."

"그건 알겠습니다. 그런데 아까 말했잖습니까, 빈집인 줄 알고 갔다고?"

"네."

"그럼 그 집에 빈집으로 보일 수 있는 흔적들이 있다는 소리였네요."

"그렇지요. 우편물이나 전단지도 쌓여 있었고……."

"흠……."

노형진은 그 부분에서 이상함을 느꼈다. 그곳에서는 사람이 살고 있었다. 그런데 빈집처럼 보였다.

'그럼 그들이 거의 안에서 안 나왔다는 소리인데.'

범인이 며칠 전에 살인 사건을 저지르고 도망갔다고 보기에는 여자가 살아 있다는 점에서 이상했다. 즉, 잘해 봐야 그 전날 사건이 벌어진 것이라는 소리다.

'그런데 왜 빈집처럼 보였지?'

빈집처럼 보인다는 것은 다른 이유가 있다는 것이다. 가령 누군가를 피한다거나.

'원한.'

그렇다면 프로파일링과 맞아떨어진다. 누군가 원한을 가지고 있고 그 때문에 나가지도 못한 채로 집에 숨어 있었다.

"아무래도 그 집에서 죽은 사람들에 대해서 생각을 좀 해 봐야겠네요."

"피해자를요?"

"원한이라면 아무래도 피해자들과 밀접한 관련이 있을 테니까요."

김소라 역시 고개를 끄덕거렸다.

"그렇지요. 무차별 살인이 아닌 이상에야 이런 사건에서 피해자의 신분은 아주 중요하니까요."

어쩌면 전혀 생각하지 못한 곳에서 증거가 나올지도 모른다는 생각이 노형진의 머릿속을 스치고 있었다.

⚖️

"피해자의 이름은 조갑만입니다. 그 당시 나이가 37세였습니다. 직업은 중고차 판매원이었고요."

"흠……."

딱히 특이할 게 없는 이력이다.

"그가 살던 집은 기록에 따르면 3층 빌라로 한 층에 두 집이 양측으로 들어가는 흔한 형태였습니다. 아내는 가정주부였고 아이는 다섯 살이 맞고요."

노형진은 머리를 벅벅 긁었다.

"다른 정보가 없나요?"

"그나마도 이 정도입니다. 워낙 오래된 사건이라 아무것도 없습니다."

"하지만 이건 조서에 나온 거하고 그다지 차이가 없는데요?"

차이가 있다면 그냥 중고차 판매원이라는 직업이 드러난 정도?

고문학은 어깨를 으쓱했다.

"아예 싹 밀어 버린 동네라서요."

"하아."

즉, 공식적인 자료 말고는 제대로 된 자료를 구하는 데 한계가 있다는 뜻이다.

'완전 골 때리네, 이거.'

지금까지 해 왔던 모든 사건 중에서 해결 난이도가 최상급이라고 할 수 있는 수준이었다.

"노 변호사님은 어떻게 생각하세요?"

"한 가지는 확실합니다. 피해자인 조갑만은 누군지 모르지만 집에 숨도 안 쉬고 숨어 있을 만큼 큰 원한을 가지고 있었다는 거죠."

"그렇겠지요."

만일 그때 강찬술이 들어가지 않았다면 원한 쪽으로 수사가 되었겠지만 강찬술이 들어가는 바람에 사건이 종결된 것이다.

'진범이 누구인지 모르지만 완전 운이 좋은 거군.'

어찌 되었건 그 덕분에 진범은 지난 15년간 마음 편하게 살았을 테니 말이다.

"이제 와서 그의 원한을 가진 사람을 찾을 수는 없겠지요?"

"가족은 없습니까?"

"가족요?"

"네."

"흠…… 그 부분은 좀 알아봐야겠습니다."

그렇게 숨어서 지낼 정도로 원한을 가진 사람이라면 가족이 알지도 모른다는 생각에 노형진은 일단은 가족에게 사정을 물어보기로 했다.

⚖

"갑만이?"

"네."

"벌써 15년 전 사건입니다. 그걸 나한테 와서 묻는 이유가 뭡니까?"

조갑만의 형이라는 남자는 노형진의 질문에 눈을 찌푸렸다.

"그 사건에 의심쩍은 부분이 있어서요."

"의심쩍은 부분이라니요. 범인은 잡혔고 사형을 언도받았습니다. 아직까지 집행이 안 된 게 억울하기는 하지만 사건은 끝난 겁니다."

그는 보고 있던 신문을 신경질적으로 접으면서 노형진을 노려보았다.

"아니면 또 어쭙잖게 그 살인마 새끼를 풀어 주려는 겁니까, 그 인간처럼?"

"그 인간?"

"서 뭐 하는 인간요."

"아……."

하긴 생각해 보면 서승진이 이들을 찾아오지 않았을 리 없다. 이들은 강찬술이 조갑만을 죽였다고 생각하고 있다. 그런 상황에서 강찬술을 풀어 주기 위해서 노력하고 있는 서승진이 이들에게 좋게 보일 리 없다.

"뭐, 그분이랑 연관되어 있지 않은 건 아니지만 사실은 저희는 다른 의미에서 접근하고 있습니다."

"다른 의미?"

"범인이 여자라는 의심이 있거든요."

"여자라고요?"

"네, 사건의 흔적은 원한에 관한 살인입니다. 그런데 강찬술은 형제분 가족에 원한이 없었지요. 그렇다는 건 원한을 가진 누군가 거기에 들어갈 수도 있다는 소리입니다."

"그건 말 그대로 상상 아닙니까? 상상?"

"상상이 아닙니다. 이제는 아시겠지만 그 당시 경찰은 해결하기 위해서 없는 범인도 만들어 내던 시절이었습니다."

아무런 말도 하지 못하는 남자. 실제로도 그런 사건이 몇 번이나 벌어진 것이 사실이기 때문이다.

노형진은 그에게 차근차근 설명하기 시작했다.

"물론 생각하기 싫은 것은 이해합니다. 죽은 가족을 위해서 뭐든 하고 싶으시겠지요. 하지만 생각해 보세요. 만일 다른 사람이 동생분을 죽였다면 진짜 살인자는 지금 떵떵거리면서 잘 살고 있다는 소리가 됩니다. 그 꼴을 보고 싶으신 겁니까?"

"음······."

노형진이 말할수록 그는 할 말이 없어졌다. 그도 유가족으로서 사건이 해결되는 것을 원하지만 마음 한편으로는 너무 이상한 정도로 사건 진행이 빠르다 싶은 부분도 있었기 때문이다.

"저희가 무슨 돈을 달라는 것도 아니고, 그렇다고 어려운 부탁을 하는 것도 아닙니다. 다만 조갑만 씨에 대해서 조금만 알려 주셨으면 하는 겁니다."

"하아."

결국 그는 고개를 끄덕거렸다.

"도대체 뭐가 궁금한 겁니까?"

"조갑만 씨에게 원한을 가진 사람이 있었습니까?"

"원한을 가진 놈이야 많았겠지요. 내 동생이지만 그다지 좋은 놈은 못 되었으니까요."

"네?"

"그 녀석이 어디서 일했는지 아십니까?"

"중고차 판매업을 하셨다고 기록에는 되어 있더군요."

"그럼 근무처는 모르시겠군요."

"네."

"그 녀석, 인천 쪽에서 일했습니다."

노형진은 얼굴을 찌푸렸다. 그 당시만 해도 인천 쪽 중고차 딜러들은 태반이 조폭이라는 소리가 나올 정도로 아주 질이 안 좋았기 때문이다.

지금이야 노형진과 대룡이 끼어들어서 어느 정도 정화되었다지만 그 당시에 떨어질 대로 떨어진 사람이 거기에 간다는 말이 있을 만큼 분위기가 좋지 않은 곳이 인천 쪽이었다.

"표정을 보아하니 아시는 것 같네요. 네, 맞습니다. 말 그대로 밑바닥까지 떨어졌단 말입니다."

"흠……."

"그 때문에 우리가 고생을 얼마나 했는지."

'이런…….'

그런 거라면 너무 원한을 품은 사람이 많아진다.

'판매 기록이 남은 게 없을 텐데.'

안 좋은 방식으로 팔았다고 하면 그것에 대한 원한을 가진 사람부터 그 바닥에서 만난 원한을 가진 사람까지 그 폭이 너무나 넓어진다.

"그나마 애가 좀 생기고 나니까 정신을 차리기는 했지만 서도……."

"정신을 차렸다고요?"

"네."

그의 말에 따르면 그는 돈을 조금만 더 벌면 이 짓을 그만 두겠다고 노래를 부르고 다녔다고 한다. 자식에게 차마 부끄러운 부모가 되기는 싫다는 것이다.

"그런데 그렇게 가다니. 후우."

그는 답답한지 담배를 꺼내서 꼬나물었다.

"그날 이후로 우리 가족은 살아도 산 게 아니었습니다."

그렇게 동생이 죽고 난 후 수많은 동정 어린 시선을 받았지만 그마저도 부담스러웠다. 그래서 모든 것을 버리고 몇 번이나 이사를 다녀야만 했다.

"그럼 원한에 대해서는 잘 모르신다는 소리군요."

"알 수가 없지요. 원한을 가진 녀석이 너무 많아서요."

"혹시 여자들에게 원한을 산 일은 없습니까?"

"여자들요?"

"네, 저희는 범인이 여자라고 생각하고 있으니까요."

노형진이 생각하기에는 직장으로 연결된 범인일 가능성은 낮다. 그런 곳에서 고객과 일이 틀어졌다고 하더라도 여자가 그렇게 공격적인 보복을 할 가능성은 낮다.

"글쎄요……."

"혹시 과거의 여자라거나……."

"그런 여자가 없는 건 아니지만 그 녀석, 애가 태어나고는 마음을 고쳐먹었습니다."

"그런가요?"

"네."

아이의 나이가 다섯 살. 임신 기간까지 생각하면 6년 정도. 어떤 여자가 그 기간 동안 원한을 가지고 있다고 보복하기에는 너무 긴 시간이다.

'그리고 여자가 두 명이란 말이지.'

두 명한테 바람피워서 만나서 보복한다?

'그것도 말이 안 되는데.'

서로의 존재에 대해서 알 리 없다. 안다고 하더라도 이런 식으로 보복하는 것은 여자의 복수 스타일이 아니다.

"진짜로 아무것도 기억이 안 나십니까? 혹시 유품이라도 있나요?"

"15년이나 지났는데 있을 리가요."

유품이라고 받은 것은 모조리 태워 버렸다고 한다. 가진
건 사진 몇 장 정도.

'사진에서는 기억이 나올 리 없잖아.'

사진을 찍을 때가 아니라 접촉할 때 생각이 읽혀야 하는데
과거의 사진 보관 방식을 생각하면 필요한 정보가 나오는 것
은 무리였다. 그때는 사진첩이라는 커다란 책에 끼워 넣어서
덮어서 보관했으니 말이다.

"뭐든 좋습니다. 하나라도 작은 것 하나라도 생각나는 거
없습니까? 살해당할 당시에 이상한 일이 있었다거나 스토커
가 붙었다거나."

"어……."

그는 잠시 고민하다가 고개를 번쩍 들었다.

"그러고 보니 술을 마시고 뭔가에 대해서 이야기한 적은
있네요."

"술을 먹고요?"

"네, 집주인이랑 싸웠다고요."

"집주인이랑 싸워요?"

"네."

노형진은 얼굴을 찌푸렸다. 그건 흔히 벌어지는 일이 아닌가?

"이유가 뭐랍니까?"

"쫓아내려고 했다는군요."

"쫓아내요?"

"네."

"세입자였나 봅니다?"

"그거야 그렇지요. 집을 가지고 있을 만큼 성공했으면 그 녀석이 거기서 나왔겠지요."

쓸쓸한 얼굴이 되는 그였다.

'고작 그거란 말이야?'

그걸 가지고……. 노형진은 그렇게 말하려다가 뭔가 이상하다는 생각이 들었다.

"쫓아내려고 했다고요?"

"네."

"혹시 말입니다, 그 당시에 세입자들끼리 뭉쳐서 저항하거나 하지 않았습니까?"

"안 그런 곳도 있습니까?"

대부분 재개발을 한다는 것은 그 도시가 낙후되고 더 이상 개발 가능성이 없다는 소리다. 그렇기에 그곳이 재개발되면 건물주들은 떼돈을 벌지만 거기에 세 들어 사는 가족들은 쫓겨나는 수밖에 없다. 돈을 돌려받기도 하겠지만 그 지역은 낙후된 지역인 만큼 집값이 싸서 그 돈으로 다시 정착하는 게 쉬운 일이 아니기 때문이다.

설사 있다고 해도 그 사람들이 그곳으로 몰려가니 자연스럽게 세는 오를 수밖에 없다. 그래서 재개발한다고 하면 세입자들이 극렬하게 반대하는 경우가 종종 있었다.

'어…… 혹시 나, 방향을 전혀 엉뚱한 쪽으로 잡고 좇는 거 아냐?'

"감사합니다."

노형진은 뭔가를 깨닫고는 서둘러서 그곳에서 나왔다. 그리고 차로 오면서 뭔가를 손가락을 따져 가면서 계산하기 시작했다.

"뭘 그렇게 계산하세요?"

"아니, 그냥…… 좀 건축 기간을 생각하고 있었습니다."

"네? 하지만 거기에 아파트가 올라간 건 12년 전이잖아요. 살인 사건이 난 건 15년 전이구요."

"그렇지요."

노형진은 대략 상황을 알 것 같았다.

"하지만 보통 우리가 그런 표현을 할 때는 완공을 기준으로 합니다."

"완공을 기준으로 하기는 하죠."

"그리고 그곳에 가 봐서 아시지 않습니까? 그곳은 대단위 단지입니다. 단순히 한두 동짜리가 아니라요. 그건 엄청나게 시간이 오래 걸리는 사업이지요."

"아!"

"계산해 보면 아무리 못해도 3년 전에는 집을 비워 주기 시작해야 합니다. 그래야 집을 부수고 정리하고 다시 아파트를 올릴 수 있지요."

"그럼?"

"네, 우리는 어쩌면 방향을 잘못 잡았을지도 모릅니다."

자신들은 그의 원한에 대해서만 집중했다.

사실 직업적으로 좋은 소리 못 듣는 중고차 딜러인 만큼 어쩌면 자신들이 색안경을 끼고 봤을지도 모른다.

"그럴 수도 있겠군요."

김소라 역시 노형진의 의견에 고개를 끄덕거렸다.

"그 당시라면 집 한 채당 최소 몇억은 왔다 갔다 하는 사업이니까요."

"맞습니다."

단순히 재개발이라고 해서 모든 것이 끝이 아니다. 그때는 재개발이라고 하는 것이 말 그대로 노다지라고 할 만큼 엄청난 돈이 되던 시기였다. 그런 시기인 만큼 사람들은 혈안이 되었고 당연히 그 당시 갈등이 극단적으로 치닫는 경우도 많았다.

"우리는 여자라는 점에서 그냥 불륜 같은 거라고 생각했습니다. 하지만 그럴 사람이 아니라고 한다면……."

"여자들이 가장 많은 곳이 재개발 시장이기는 하지요."

"복부인이라는 말이 있듯이 말이지요."

한국에는 보통 남자들은 일하고 여자들은 살림한다는 일

종의 고정관념이 있다. 그리고 그 당시에는 그게 하나의 전통이라고 생각하던 시기였다. 그렇기 때문에 남자들이 나가서 일하러 가는 경우가 많아서 이런 일에 여자들이 나서는 경우도 적지 않았다.

"그 과정에서 충돌이 있을 수도 있습니다."

"그렇겠네요."

그렇다면 그쪽으로 조사하면 뭐든 나올 가능성이 높다.

"하지만 문제군요. 그 많은 사람들이 어디로 갔는지 알 수가 없잖아요?"

"그건 걱정하지 마세요."

노형진은 씩 웃었다.

"그런 일은 필연적으로 고소 고발이 진행되니까요, 후후후."

⚖️

아니나 다를까, 노형진의 말대로 그 당시에 사건 기록을 조금만 조사하자 폭행부터 명예훼손이나 모욕같이 재개발 현장에서는 당연하다고 할 정도 많은 사건들이 드러났다.

"아주 극렬했나 보군요."

노형진은 고문학이 가지고 온 자료를 보면서 혀를 끌끌 찼다. 상상보다 많은 자료들이 있었기 때문이다.

"심지어 조갑만에 대한 고소 고발도 있군요. 그것도 아주 많이요."

"기록에 따르면 조갑만이 그 당시에 대책위원장을 담당하고 있었다고 하더군요."

"집주인들에게 밉상이었겠군요."

"네."

사건 기록은 그가 대책위원장이 되어서 협상을 주도하고 있었다고 되어 있었다.

"그리고 그 당시에 고소했던 사람들 중에 대부분은 여자들이었고요."

"아무래도 남자들처럼 주먹으로 안 되니까."

일단 뭐 하나만 걸리면 신고하고 고소하고 그런 건지 수십 건의 기록이 있었는데, 대부분 혐의 없음으로 끝나고 있었다.

"아마도 조갑만도 절박했을 겁니다. 그의 상황을 보아하니까 말이지요."

"그런가요?"

"네, 그 당시 그의 집은 월세였습니다. 보증금 1천만 원에 월 12만 원. 그런데 1년 동안 세를 내지 못했더군요."

"흠……."

그것은 그가 그곳에서 벗어나려고 한다는 증거가 될 수 있다. 주변에서 죄다 사기를 쳐 가면서 손님을 끌어가는데 자신은 바르게 돈을 벌려고 하니 장사가 될 리 없다. 당연히 돈도 안 벌리고 결국 세도 내지 못한다.

"보증금에서 까인 상황에서 그 돈으로 어디 가서 방을 구하는 건 불가능하겠군요."

"네."

그렇다고 시골로 내려갈 수도 없다. 다섯 살이라고 하면 얼마 후면 초등학교에 들어갈 나이가 된다. 그런데 시골에 내려가면 언제 올라올지 알 수가 없는 것이다.

"결국 그는 투쟁하는 길을 선택한 모양이네요."

"그럴 수밖에 없었을 겁니다."

그는 결국 이곳에 남기 위해서 다른 사람들과 싸우는 길을 선택했다. 그리고 그 당시 자신과 같은 처지에 있던 사람들을 모아서 집주인들과 건설사와 극렬하게 싸움을 벌였다. 최소한 세입 기간이라도 버티려고 했다.

'하지만 그걸 다 기다려 주기에는 집주인들의 욕심이 너무 과하지.'

그들의 집은 비워 주기 위해서는 2년이라는 시간을 기다려야 한다. 그리고 그 시간 동안 기다리기에는 주인들의 마음이 급할 수밖에 없었다.

"전혀 엉뚱한 쪽으로 나가는군."

"아무래도……. 우리도 사건 기록에 속아 넘어간 거죠."

"하아."

초동수사라는 말이 있다. 사건 초기 사건에 대해서 객관적인 정보를 수집하는 것을 말한다.

'하지만 이 사건은 제대로 초동수사가 되지 않았지.'

사건을 수사를 시작할 때 지문이 나왔고, 그 지문은 전과자 지문이었다. 당연히 그가 잡혔고, 그 후의 모든 수사 기록은 그를 범인을 만들기 위해 작성되었다.

'우리도 거기에 속았고.'

자신들은 그걸 감안하고 봤지만 반대로 그걸 감안해서 개인적인 원한에 대해서만 생각했지, 그 주변 상태에 대해서는 전혀 생각하지 않았던 것이다.

"집주인이 범인일까요?"

"글쎄요……."

노형진은 다시 마음을 비우고 그 당시 기록을 꼼꼼하게 살펴보기 시작했다.

"아마도 그럴 가능성은 낮아 보입니다. 기록에 따르면 집주인은 부부로 되어 있어요. 남자가 있는 경우, 여자는 보통 이런 일에 전면에 나서지 않지요."

김소라 역시 고개를 끄덕거렸다.

미국이야 자주적이고 스스로 뭔가를 하려고 하는 여성이 많다고 하지만, 한국은 여전히 남자에게 종속적인 분위기가 있기 때문이다. 하물며 과거에는 그런 분위기가 더 심했다.

"그러면 모녀일 가능성이 높군요."

"모녀요?"

"네, 이렇게 극단적인 일을 같이할 정도로 친밀한 관계.

거기에다 한 명이 주도적이고 한 명은 종속적이죠. 제가 읽어 낸 사건과 딱 맞아떨어져요."

"그러면 이 사건을 주도한 것은 어머니 쪽이겠군요."

"그렇겠지요."

남자가 없는 모녀 사이가 그 당시 대한민국에서 살아가는 것은 쉬운 일이 아니다. 그렇기 때문에 그런 가정의 어머니들은 좋게 말하면 억척스럽고, 나쁘게 말하면 독하다.

'한편으로는 살인도 불사할 만큼 안 좋은 쪽으로 갈 수도 있지.'

그렇게 한평생 고생해서 집을 샀다. 그리고 그걸 재개발하면 그 모든 고생이 끝난다. 수억의 돈이 생기기 때문이다. 그런데 그걸 결사반대하는 사람 때문에 일이 진행되지 않는다면…….

'개인적으로 모른다고 해도 원한이 생길 수밖에 없지.'

고생한 만큼 돈이 없다는 것이 얼마나 힘든 것인지 알고 있을 테니 그녀는 절대로 이 재개발의 기회를 놓치지 않으려고 했을 것이다.

"하지만 그런 사람들을 어디서 찾죠?"

그 당시 살던 사람들은 모조리 이사를 가서 이제는 그곳에 존재하지 않는다. 그들을 추적할 수도 없고 그들 중 누가 모녀 관계인지 알 수도 없다.

"그건 아마 이 녀석들이 알려 줄 겁니다."

"고소장요?"

"네, 사람이 처음부터 저 가족을 죽여야겠다는 생각은 안 할 테니까요."

"하지만 아까 보니까 고소인들이 한두 명이 아니던데요? 최소한 백 명은 되어 보이던데. 게다가 거기에 남편이나 아버지가 있는지 나와 있는 건 아니잖아요?"

고소장에는 고소인의 이름과 주소 정도만 나와 있을 뿐이지, 그 가족 관계는 나와 있지 않다. 당연히 그 모녀만 산다는 기록은 없다.

하지만 노형진은 이미 방법을 생각하고 있었다.

"그중에서 여성을 추리고 다시 집이 가까운 사람순으로 조사하면 됩니다."

"집이 가까운? 아, 그렇군요."

김소라는 노형진의 생각을 알아차렸다.

그들은 고작 다섯 살밖에 되지 않는 아이도 죽였다. 그리고 프로파일링한 것에 따르면 자신들에 대해서 알고 있을 가능성이 높기 때문에 죽였을 가능성이 높다.

"그렇다면 평소에 왕래하던 집일 가능성이 높습니다. 그리고 가까울수록 왕래 가능성이 높지요."

"딸의 나이는 스무 살 이상이겠네요, 어린아이를 살인에 이용하지는 않을 테니. 당연히 딸도 결혼하지는 못했을 테고……."

김소라는 지금까지 벌어진 일을 가지고 차분히 범인의 특징을 분석하고 프로파일링을 하기 시작했다.

"그리고 그 엄마 되는 사람은 무척이나 집착 같은 게 강한 편일 거예요. 아마도 어려서부터 딸에 대해서 집착이 심했을 겁니다. 그러면서 정작 통제에서 벗어나는 것은 싫어했을 것 같네요. 그런 걸 본다면…… 아마 딸은 20대 후반에 미혼일 가능성이 높고 엄마는 50대 이상일 거예요. 직장인보다는 개인적인 사업을 하겠네요. 그리고…… 두 사람 다 무척이나 옷차림이 화려했을 겁니다. 이런 사람들은 남에게 무시받는 것을 싫어하니까요."

사람들은 범죄 현장을 보고 프로파일러들이 옷차림까지 맞히는 걸 이해하지 못한다. 하지면 사람들의 취향에는 다 이유가 있다.

이런 사건의 경우 이런 성격이라면 절대 남에게 지려고 하지 않기 때문에 남 아래서 일하는 직장 생활은 못한다. 그리고 자신이 남편이 없어서 딸에게 집착하는 만큼 절대로 무시당하지 않게 화려하게 꾸며서 내보냈을 것이다.

"그에 반해서 딸은 자신감도 없고 뭐든 부모에게 끌려다니는 스타일일 겁니다."

노형진의 말에 김소라도 고개를 끄덕거리면서 동의했다.

"그럴 거예요. 그렇지 않다면 이렇게 살인에 동참하지는 않았을 거구요. 아마도 그 딸이 아이와 관계가 있지 않을까 싶네요."

"그렇지요."

많은 여자들이 아이를 좋아하긴 하지만 그렇게 표독스러운 여자가 아이에게 관심을 보였다고 보기에는 문제가 있다. 즉, 아이가 알고 있는 것은 딸 쪽일 가능성이 높다.

　더군다나 그는 결혼 시기를 지나고 있던 만큼 아이를 예뻐했을 테니까.

　"이 정도면 어느 정도 정보가 나오네요."

　"일단 찾아봅시다. 오늘은 빼도 박도 못하고 야근이군요."

　노형진은 산처럼 쌓여 있는 서류를 보면서 한숨을 쉬었다.

이것이 법이다

탐욕의 화신

"살아는 있는 건가?"

서승진은 노형진의 호출을 받고 사무실에 왔다가 사무실에 널브러져 있는 두 사람을 보고 허허 웃을 수밖에 없었다.

"어…… 아마도요."

노형진은 고개도 들지 못하고 오른손을 들어서 살아 있다는 표시를 했기 때문에 그의 시선은 다른 쪽에 있는 사람에게로 향했다.

"밤샌 건가?"

"네."

"밤새도록 다 큰 남녀가 방에 있었는데 아무 일도 없었나?"

"그거 잘못하면 성희롱입니다."

"그런가? 미안하군."

잠든 줄 알았던 김소라의 말에 서승진은 순순히 사과했다.

"아무래도 혼자 일한 게 오래돼서 요즘은 어떤 농담이 재미있는지 모르겠단 말이지."

"그런 것 같네요. 그거 최소한 20년은 된 듯한 농담이었으니까요."

부스스 일어나는 김소라.

"진짜로 가서 자도 되죠?"

"네⋯⋯."

"오늘은 여성 휴게실 전세 낼 거야⋯⋯. 일단은 따끈한 커피 한 잔⋯⋯. 아니⋯⋯ 커피는 지겨워⋯⋯."

뭔지 모를 말을 하면서 멀어지는 그녀를 바라보던 서승진은 노형진 앞에 있는, 방금 전까지 그녀가 앉아 있던 의자에 앉았다.

"무슨 일인가? 이 아침부터? 급한 것 같던데."

자신을 아침부터 부른 노형진 때문에 고개를 갸웃하는 서승진.

노형진은 몸을 일으켜 의자에 기대어 축 늘어지면서 중얼거렸다.

"진범을 찾은 것 같습니다."

"뭐?"

서승진은 처음에는 이해하지 못했다. 진범을 찾았다니?

하지만 노형진에게 부탁한 사건이 기억나자 그는 자신도 모르게 벌떡 일어났다.

"진범을 찾았다고?"

"네."

"아니, 어떻게? 무슨 수로? 어디서?"

수십 년 동안 이 사건에 매달렸다. 그러나 진범을 찾기는 커녕 진범이 아니라는 증거도 찾지 못했다. 그런데 부탁한 지 채 일주일이 안 지났는데 진범을 찾아내다니?

"프로파일러의 도움을 좀 받았지요."

"프로파일러?"

"방금 나가신 김소라 씨 말입니다. 프로파일러입니다. 설명 들으셨잖습니까?"

"듣기야 했지."

분명 여기 들어올 때 프로파일러 부서가 있으며 내부 사건뿐만 아니라 외주도 받아서 분석해 줘서 적지 않은 돈을 벌어 오고 있다는 소리는 들었다.

"그런데 그게 나오나?"

"나옵니다."

노형진은 의자에 기대에서 얼굴을 문질렀다.

'나이 먹었나. 옛날 같지 않은…… 게 아니라 옛날이지……. 아냐…… 피곤해 뒈지겠네.'

그는 애써 정신을 차리려고 노력하면서 설명을 시작했다.

"아무래도 서승진 변호사님은 프로파일러에 대해서 잘 모르시니까요."

"그거야 그렇지만……."

"대충 현장을 보면 그 범인의 특징이 나옵니다. 그리고 그 특징을 주변에서 찾는 것이 아무래도 아예 제로에서 시작하는 것보다는 훨씬 빠르죠."

"빠른 정도가 아니지 않은가?"

사실 서승진은 부탁하면서도 그다지 기대는 하지 않았다. 그저 혹시나 하는 마음에서였다. 그런데 벌써 범인을 찾았다니.

"그래서 그 범인이 누군가?"

"안말숙이라고 아십니까?"

"안말숙?"

그 말을 들은 김승진은 얼굴을 찌푸렸다.

"아시나 보군요."

"알다 뿐이겠는가. 그 인간 때문에 내가 얼마나 고생했는데."

"고생요?"

"사건 당시에 가장 극렬하게 사형을 주장한 사람이라네."

"역시 그렇군요."

"설마……."

"네. 그 사람입니다. 그리고 그 사람의 딸하고요. 딸이 있나요?"

"딸이 하나 있기는 하지."

"그리고 딸은 나이가 좀 있고? 결혼은 못했고 김말숙의 남편도 없을 것 같고. 집주인이고 그 재개발 회의에서 제법 자리 좀 차지하지 않았던가요?"

"자네. 그 사람에 대해서 벌써 조사한 건가?"

"아닙니다. 프로파일링으로 추리한 것뿐이죠. 그리고 그 프로파일링에 맞는 사람은 그녀뿐이더군요."

"끄응…… 그 프로파일링이라는 거, 지금이라도 배우고 싶구만."

"그렇게 마법 같은 건 아닙니다. 해결 못하는 것도 있으니까요."

노형진은 얼굴을 문지르면서 자리에서 일어나 냉장고를 가서는 그곳에서 차가운 음료수를 꺼내 쭈욱 들이켰다.

"도대체 어떻게 된 건가?"

"아마도 재개발에 관련된 보복인 듯합니다."

"재개발?"

"네."

"허……."

서승진은 기가 막혔다.

사실 그도 재개발이 극렬하게 문제를 일으킨 시점이라는 걸 알고 있었기 때문에 그와 관련된 거 아닌가 하는 생각도 했다. 하지만 설마 진짜로 그렇겠느냐는 생각도 있었다.

'아니야……. 설사 의심했다고 해도 절대로 안말숙은 의심

하지 못했을 거야.'

다른 사람도 아니고 여자다. 여자가 일가족을 몰살시킬 거라고 누가 예상이나 하겠는가?

"무슨 생각을 하시는지 알 것 같네요. 설마 그런 일이 벌어졌겠느냐고 생각하시는 거죠?"

"그렇다네."

"확실히 여자들은 누군가를 죽이려고 할 때는 깔끔한 방식을 좋아합니다."

독극물을 탄다거나 남에게 의뢰하는 방식으로 하는 것이 여자들이다.

"하지만 그건 확률적인 문제이지요."

여자들이 그런 깔끔할 방식을 선호한다는 것은 다 그런 건 아니라는 거고, 일부는 남자처럼 저돌적인 방식을 쓰기도 한다.

하지만 많은 사람들이 이런 사건의 범인은 대부분 여자가 아니라 남자라고 생각한다. 고정관념에 사로잡혀 있는 것이다.

'이번 재판은 여러모로 고정관념과의 싸움이군.'

노형진은 다시 자리에 와서 미리 정리된 서류를 꺼내 들었다.

"기록에 따르면 그는 피해자의 집에서 대략 40미터 떨어진 곳에서 살고 있습니다. 시장에서 떡집을 하고 있지요."

"그랬던 것 같네."

"재개발을 가장 열성적으로 반겼으며 또한 그 당시 재개발위원 중 한 명이었습니다. 재개발로 싸움이 시작되고 난 후

이것이 법이다

피해자를 무려 스물두 번이나 고소했더군요."

서승진은 고개를 끄덕거렸다.

"듣기로는 그 집 딸이 아이를 예뻐했다고 하더군. 그렇지만 재개발에 들어가면서 서로 완전히 틀어졌다고 들었네."

"네, 우리도 그렇게 생각합니다."

모든 것에 정확하게 맞아떨어지는 사람.

그 사람이 바로 안말숙이었다.

"우리가 분석하기로는 범인은 여자 두 명. 한 명은 가족을 인질로 삼아서 피해자가 저항하지 못하게 하는 사이에 죽였고, 나머지 한 명은 작은 방에 피해자 가족들을 감금했을 것입니다. 첫 번째로 죽은 것은 조갑만. 그 후에 피해자의 아내 그리고 마지막으로 아이를 죽였습니다. 아이의 시신에서는 치명상에 이르지 못한 주저흔이 나온 것을 봐서는 상대방은 아이를 해치는데 죄책감을 가지고 있었다는 뜻이고 그 후에 다른 흉기로 단번에 아이가 사망했습니다. 아내는 살아 있다가 결국 병원에서 사망했구요."

"그게 보이나?"

"보인다기보다는 순서가 그렇다는 거죠. 여자만 범인이라면 가족 중 가장 먼저 아버지를 제압하려 했을 테니까요. 만일 다른 가족을 먼저 죽이면 남자가 다른 한 명이라도 살리기 위해서 극렬하게 저항할 텐데, 훈련받은 여성이 아니고서야 그런 남자를 제압할 수는 없습니다."

"음⋯⋯."

노형진의 말에 서승진은 아무런 말도 할 수가 없었다.

"그래서 이 범인이 안말숙이라고 생각하는 건가? 그리고 함께 살인한 사람은 그 딸이고?"

"네."

"하아."

갑자기 서승진은 한숨을 푹 쉬었다.

"그렇다면 그 후에 벌어진 일도 대충 이해가 가는군."

"벌어진 일도라니요?"

"공식 기록에는 남아 있지 않으니까 아마 자네는 몰랐을 걸세."

살인 사건이 난 후 일어난 일은 노형진은 잘 모른다. 이 안에는 공식 기록만 있을 뿐, 탄원서 같은 건 들어가 있지 않으니까.

"무슨 일이 있었습니까?"

"아까 말했지, 안말숙이 죽여야 한다고 사람들에게서 탄원서를 모아서 제출했다고?"

"네."

"난 그게 그냥 서로 감정이 틀어져서 벌어진 일이라 그런 줄 알았다네."

그때는 그렇게 보였다. 하지만 생각해 보면 그렇지 않았다. 만일 그가 죽는다면 범인은 영원히 그가 될 테니 안말숙이 기를 쓰고 사형을 주장한 것이다.

"그런데 그 후에 안말숙의 딸이 정신병원에 들어갔다네."

"정신병원에요?"

"그래. 무슨 일종의 피해망상이라고 들었는데……."

"음……."

대충 상황을 알 것 같다. 안말숙은 표독스러운 사람이라서 괜찮을지 모르지만 정상적인 사람이라면 정상일 수가 없다.

하물며 자신이 예뻐하던 아이를 죽이는 것은 일반적인 사람이라면 못할 짓이다.

"그렇다면 이야기가 성립되는군요."

딸은 그 상황을 이겨 내지 못한 것이다.

"그럼 그 후에는 어떻게 되었나요?"

"모르지. 대법원이 확정된 후에는 전혀 만난 적이 없으니까."

"대법원까지 따라왔단 말입니까?"

"그래. 난 그 당시에 원한이 엄청나다고 생각은 했네만…… 단순히 원한은 아니었군."

"후우."

이런 사건은 대법원 확정까지 아무리 빨라야 2년이다. 그런데도 따라다녔다는 것은 완전히 끝장나는 것을 보고야 말겠다는 뜻이었다.

'성격도 프로파일링에 맞아.'

자기 지배적이고 집착이 강한 스타일이라니.

"대충 범인의 존재를 알았으니…… 찾아야겠지?"

대책이 서지 않는 듯한 서승진이었다.

"찾는 거야 어렵지 않을 겁니다."

"그렇겠지. 난 자네가 말한 그 팀의 힘을 요즘 느끼고 있다네."

이전에는 필요한 게 있으면 직접 뛰었다. 하지만 요즘은 고문학에게 부탁하기만 하면 금방 구할 수 있다. 그 덕분에 일하기가 훨씬 편해져서 사건에 훨씬 잘 집중할 수 있게 되었다.

"하지만 다른 문제가 있네. 증거도, 증인도 없는데 그 여자가 죄를 어떻게 인정하게 할 건가?"

"겁을 좀 주려고 생각 중입니다."

"겁을 준다고? 하지만 그건 불법 아닌가?"

"협박하자는 게 아닙니다. 그런 타입은 협박한다고 먹힐 것도 아니고요. 다만 그런 타입은 자기 자신을 너무 믿기 때문에 실수하기 마련이거든요."

"그게 무슨 소리인가?"

"보시면 압니다. 후후후."

노형진의 머릿속에서는 이미 작전이 구상되고 있었다.

⚖

안말숙은 자신의 빌딩 앞에서 소리를 버럭버럭 지르고 있었다.

"제대로 일 못해? 엉?"

"죄송합니다, 사모님……. 하지만……."

"하지만이고 뭐고 전기가 나갔으면 교체해야 할 거 아냐!"

"관리비가……."

"돈이 없으면 사서 하든가! 까짓 몇 푼이나 한다고 그래?"

"단순히 퓨즈 문제가 아닙니다. 차단기를 통째로 바꿔야……."

"누가 몰라서 그래! 갈아!"

"하지만 관리비가……."

"내가 준 거 있잖아!"

"……."

경비원은 아무런 말도 할 수가 없었다. 그녀가 주는 관리비는 말 그대로 딱 건물이 망하지 않을 정도다. 당연히 차단기를 바꿀 만한 돈이 안 된다.

"잘리고 싶어?"

결국 제일 듣기 싫은 말이 나왔다.

저 말이 나왔다는 것은 자기 월급으로 사다가 바꾸라는 뜻이다. 그렇지 않으면 자르겠다고 말이다. 그리고 이쯤되면 경비원들은 어떻게 할 수가 없었다.

"알겠습니다……. 바로 교체하겠습니다."

"그럴 것이지."

그녀가 멀어져 가자 경비원들은 모여서 한숨을 쉬었다.

"그게 얼마라고 했지?"

"58만 원."

"네 명이니까…… 14만 5천 원씩인가? 하아."

"어쩌겠어."

이 나이 먹고 일할 수 있는 곳은 그다지 많지 않다. 그리고 경비원 자리는 쉽게 나오는 것도 아니다.

결국 그들은 자신들의 돈을 모아서 하는 수밖에 없었다.

"그건 너무한 거 아닌가요?"

때마침 들려오는 목소리에 고개를 돌리는 사람들. 거기에는 한 남자가 서서 자신들을 바라보고 있었다.

"이건 저 사람이 고쳐야 하는 거 아닌가요?"

"누구요?"

"아, 이 건물에 볼일이 있어서 온 사람인데요."

"그러면 일 보고 가요."

경비들은 괜히 짜증을 부렸다.

"글쎄요. 볼일이 있는 당사자가 나가 버려서요."

"사모님이?"

"네, 그런데 이런 일이 자주 있나 봐요?"

"……."

"걱정하지 마세요. 좋은 일로 온 건 아니니까."

그 말은 그다지 사이가 좋은 편은 아니라는 뜻이다.

그걸 알아들은 건지 경비원들은 한숨을 쉬면서 불만을 토

로했다.

"한두 번도 아니고."

"자주 있어요?"

"기계라는 게 수명이 있는데 그걸 이해를 못해. 아니, 하기 싫은 거겠지."

기계의 수명이 다해서 교체해야 하면 안말숙은 관리 부실 운운하면서 그 책임을 경비원들에게 돌리는 게 일이었다. 아무리 설득해도 도무지 말이 안 통했다.

"오죽하면 우리가 수리용 계를 다 들겠수?"

"계?"

"안 그러면 잘리니까. 이 나이 먹고 잘리면 어딜 가겠어요?"

그들은 포기한 듯 고개를 흔들었다.

노형진은 그들을 보고 입맛을 다셨다.

"뭐, 조금 있으면 나아지실 겁니다."

"나아진다고?"

"네."

"그걸 어떻게 알아요?"

"방법이 있지요."

노형진은 미소를 지었다.

"그나저나 저 사람 언제 오나요?"

"글쎄요……. 7시쯤 되면 올 것 같은데요."

"그래요?"

노형진은 빙긋 웃으면서 뒤로 물러났다.

"그러면 이따가 다시 와야겠네요."

"그러시든가요."

그들이 대수롭지 않게 이야기하자, 노형진은 다시 차로 돌아갔다. 그 차에는 다른 사람들이 함께 있었다.

"어떤가?"

"확실히 주변에서 유리한 진술을 할 만한 사람은 없어 보입니다."

"그렇지?"

"네."

"하긴 그런 사람이라면 애초에 자수했겠지요."

서승진은 고개를 끄덕거렸다.

"어떻게 생각하세요?"

노형진은 김소라를 바라보았다.

김소라는 외부에 드러난 안말숙의 행동을 보면서 그를 분석하고 있었다.

"보아하니 일종의 통제 중독이군요."

"그렇지요?"

"네, 예상대로예요. 저런 사람들은 모든 것을 다 통제하려고 합니다. 아마도 사건 당시에도 그런 게 있었을 테지만 사건 이후로 더 심해진 듯합니다."

"그렇겠지요."

남에게 말하지 못하는 비밀이 있다. 그런 것이 외부에 나가면 자신의 인생은 파멸한다. 당연히 모든 것은 관리하고 통제하면서 지냈을 것이다. 자신의 마음대로 되지 않는 것에는 극도로 예민하게 반응할 게 뻔했다.

"함정에 빠질까요?"

"빠질 겁니다. 저런 사람들은 자신의 통제에서 벗어난 것을 참지 못하니까요."

"그러면 좋겠네요."

노형진은 건물을 바라보면서 중얼거렸다.

⚖

"후우."

노형진은 건물 앞에서 깊은 심호흡을 했다.

그의 모습은 아까 전 깔끔한 모습과는 달랐다.

후줄근한 복장의 티셔츠와 싸구려 청바지.

봄이라고 하지만 아직은 추운 듯한 복장.

그중에서 가장 달라진 것은 얼굴이었다. 누가 봐도 그는 40대 후반의 아저씨처럼 완벽하게 분장한 상태였다.

"들립니까?"

그는 잠시 허공에 대고 말하더니 고개를 끄덕거리고는 천천히 건물 안으로 들어갔다. 그리고 가장 위층에 있는 임대 사무실로 향했다.

'보통은 이 정도 건물은 임대 사무실을 따로 두지는 않는데.'

그럼에도 불구하고 수익을 포기하면서까지 임대 사무실을 둔다는 건 뻔했다. 누군가에게 드러내기를 좋아한다는 것.

"누구세요?"

노형진은 한쪽에 있는 임대 사무실 안으로 들어가자 힘들어 보이는 여자가 고개를 들고 물어봤다. 시커먼 얼굴을 봐서는 무척이나 힘든 하루를 보낸 모양이었다.

'아니, 매일이 그러려나?'

"무슨 일이시냐고요?"

"아니, 별건 아니고 여기 사장님 만나러 왔는데."

히죽거리는 노형진의 모습. 그런데 그 모습은 기존에 보여 준 모습과는 전혀 달랐다. 그의 모습은 껄렁거리는 생 양아치의 모습이었다.

'어디서 이딴 인간이……'

자신을 느끼한 눈빛으로 살피는 노형진을 보면서 여직원은 자신도 모르게 부르르 떨었다.

"무슨 일로 오셨는데요?"

"그냥 사장님한테 도움을 좀 받으십사 하고 말이지. 후후후."

"약속은요?"

"없는데?"

"그럼 나중에 약속 잡고 오세요."

자신이 들여보내 주면 무슨 꼴을 당할지 너무나 뻔했기 때문에 그녀는 노형진을 내보내려고 했다. 하지만 노형진이 그냥 나갈 리 없었다.

"그러면 후회할 텐데?"

"안 나가면 경찰을 부르겠어요?"

"불러 봐. 내가 경찰 한두 번 만나는 것도 아니고 말이야. 끼해야 빵으로 다시 들어가는 것밖에 더 있겠어?"

여자는 움찔했다. 양아치 같다고는 생각은 했지만 설마하니 전과자라고는 생각도 못 했던 것이다.

"위유, 아가씨 몸매 좋은데?"

노형진이 은근한 눈빛으로 위아래로 살피자 그녀는 덜컥 겁이 났다.

'이거 어쩌지?'

경찰을 부를 수는 있지만 그래 봤자 쫓아내는 것이 한계다. 그러면 저 남자가 무슨 짓을 할지 모른다는 생각이 겁이 덜컥 난 것이다.

"뭐, 이해 좀 해 달라고. 나온 지가 얼마 안 되서 여자를 굶어서 말이지. 오입질도 돈이 있어야 하지."

노형진은 그녀가 무슨 생각을 하는지 알고 있었기 때문에 슬쩍 더 겁을 줬다. 아니나 다를까, 그녀는 덜컥 겁이 났는지 재빨리 전화기를 들었다.

"사장님한테 물어볼게요."

일단은 사장에게 물어보면 100% 경찰을 불러서 쫓아내라고 하겠지만 책임은 피할 수 있을 거라 생각했다. 노형진은 그런 그녀를 위해서 작은 조언을 아끼지 않았다.

　"재개발할 때 있었던 일 때문에 왔다고 해."

　"뭐라고요?"

　"재개발 당시 일 때문에 왔다고 말이야. 나도 같이 좀 먹고살자고."

　"그게 무슨 말인지……?"

　"그렇게 하면 알아들을 거야."

　노형진이 대답은 안 하고 더욱 징그러운 미소로 자신을 위아래로 살피자 여직원은 서둘러서 전화를 걸었다.

　"사장님, 손님이 왔는데요? 이름이?"

　"알아서 뭐 하게?"

　"저기, 말 안 하겠다고……. 쫓아내라고요? 근데 재개발 때의 일로 왔다고 하는데요?"

　그 순간 전화기에서는 잠시 침묵이 흘렀다.

　잠시 후 여직원은 고개를 들어서 노형진을 바라보았다.

　"재개발 때의 무슨 일로 오셨느냐고 묻는데요?"

　"그 덕분에 내 친구가 따뜻한 곳에서 국가에서 주는 밥 먹고 있다고 전해 드려."

　그 말을 들은 여자는 직감적으로 그곳이 어디인지 알아차리고는 서둘러서 전화기 너머로 말했고, 잠시 후 들어오라는 말에 깜짝 놀랄 수밖에 없었다.

"들여보내라고요?"

"거봐. 아는 사이가 될 거라니까. 후후후."

노형진은 비릿한 미소를 지으면서 안으로 들어갔는데, 그곳에서는 안말숙이 표독스러운 눈빛으로 자신을 노려보고 있었다.

"반갑습니다, 사장님."

노형진은 안말숙의 말을 기다리지 않고 소파에 가서 앉았다. 그리고 탁자 위에 발을 올려놨다.

"너 뭐야?"

"에이, 그러시면 쓰나요. 그래도 인사는 해야지. 그런데 여기는 손님이 왔는데 차도 안 줍니까?"

"너 같은 새끼가 손님? 웃기고 자빠졌네. 뭐 때문에 온 거야?"

그녀의 사나운 공격에 노형진은 피식 웃었다.

'원래 짖는 개는 물지 않는 법이지.'

안말숙이 예민하게 구는 것은 자신의 약점을 언급하는 녀석이 나타났기 때문이다. 그런 만큼 꼬리를 말고 들어가면 약점을 인정하는 꼴이라 생각하기 때문이다.

'문제는 대부분 그렇게 생각한다는 거지.'

진짜 좋은 대응은 도리어 예의 바르게 대하는 것이다. 상대방이 이게 약점이 맞나 의심할 정도로 말이다. 하지만 안말숙은 그럴 수가 없었다.

"사장님, 되게 다급하시네."

"넌 뭔데 와서 깽판이야!"

"전 깽판 친 거 없는데요? 그냥 같이 먹고살자고 온 것뿐 인데."

"뭔 소리야? 네가 뭔지 알고!"

"사위가 될 사람인데 이제 차차 알아 가야지요."

"뭐? 사위? 이게 미쳤나?"

수시로 정신병원에 왔다 갔다 하는 딸이다.

그리고 아무리 딸이 미쳤어도 이런 놈을 만날 이유가 없다. 설사 만났다고 한들 상식적으로 장모가 될 사람한테 이런 식으로 구는 남자는 없다.

"너 뭐야!"

"저요? 말했잖수? 사위가 될 남자라고."

"이게 미쳤나?"

"미친 게 아니라 정당한 거래지. 설마 이 재산을 날로 먹으려고? 내 친구를 학교로 보내셨으면 그에 대한 책임은 지셔야지."

"학교라니, 무슨 학교!"

"교도소라고 하면 아시려나? 살인죄 뒤집어씌우고 보냈잖아요? 안 그래요?"

노형진의 말에 그녀의 얼굴이 급속도로 창백해지기 시작했다. 절대로 남이 알아서는 안 되는 얘기였기 때문이다.

"무슨 개소리야!"

"개소리가 아니라 내 친구가 다 말했다우. 그때 안방에 있었다면서?"

"무…… 뭐라고?"

"에이, 내 친구가 바보인 줄 알아요? 하긴 바보 맞아서 들어가 있기는 하지만 대가리에 눈깔은 달렸거든요."

노형진은 최대한 건들거리면서 그녀에게 빈정거렸다. 하지만 그 빈정거림을 당하면서도 안말숙은 화를 내지 못했다.

"무슨 개소리야?"

"안방에 당신하고 딸 둘이 있었잖아요."

"증거 있어?"

"있지요. 내가 마침 집 앞에 있었거든요."

"뭐라고?"

한 장의 사진을 꺼내서 살랑살랑 흔드는 노형진.

그걸 본 안말숙은 재빨리 그걸 낚아채려고 했지만 노형진이 잽싸게 손을 빼는 바람에 실패할 수밖에 없었다.

"아아, 안 되지. 그리고 이걸 빼앗는다고 내가 원본 필름을 주겠어요? 후후후."

"너 뭐야?"

"말 그대로. 도둑놈이지. 당신 딸 도둑놈. 그리고 그날 멍청하게 잡혀간 도둑놈 친구."

"……."

안말숙은 상황을 대충 알 것 같았다.

이 녀석들은 두 명이었던 거다. 한 명이 바깥에서 망을 보는 사이 다른 한 명이 털러 들어갔던 것이다.

'역시 걸렸군.'

끊임없이 돌아가는 안말숙의 눈동자를 보면서 노형진은 속으로 피식 웃었다.

사실 이 작전은 실패할 가능성이 높다. 그 안에 그 두 사람이 있었는지 알 수 없기 때문이다.

'하지만 가능성은 50 대 50이니까.'

강찬술이 들어갔을 당시에 아내는 살아 있었다. 안말숙의 성격상 그걸 그냥 두고 갈 리는 없으니 강찬술이 보지 못했을 뿐, 어딘가에 숨어 있었다는 소리가 된다.

'그리고 증거 사진에서 화장실은 깨끗했단 말이야.'

화장실은 피 하나 없이 깨끗했다. 그에 반해서 안방과 작은 방은 피범벅이었다. 그렇다면 화장실에 숨지는 않았다는 뜻이다. 안 묻을 수가 없으니까.

'결국 남은 것은 안방뿐.'

거기에다가 강찬술은 안방에 들어가지 못했다고 한다.

'아마도 일을 끝마치려는 순간에 강찬술이 온 것이겠지.'

그래서 급한 마음에 다시 안방으로 도망갔을 테고 말이다.

노형진의 예상대로 그녀는 그의 미끼를 꼴깍 삼키고 있었다.

"너……."

"좋은 게 좋은 거 아니우? 어차피 친구라고 해 봐야 사형수한테 의리를 지킬 이유는 없고, 당신 딸내미도 회까닥 돌아서 뻔질나게 정신병원에 다니기 바쁘니 당신 뒈진 후에 이 재산 지키지는 못할 테고. 그냥 나랑 당신 딸이랑 혼인신고만 시켜 주면 최소한 내가 딸이 길바닥에 나앉지는 않도록 해 줄게. 어때요?"

"너 이 새끼……."

"싫으면 나란히 감방으로 가시든가. 친구가 아마 사형을 언도받았지?"

히죽거리는 노형진.

"내 조만간 연락할 테니 결정하슈."

노형진은 일어나면서 책상에 놓인 그녀의 명함을 하나 슬쩍 챙겼다.

"아, 그리고 다음 달까지 돈 1천만 구해 줘 보슈. 내가 당신들 찾느라고 돈을 좀 썼거든. 얼마나 잘 숨어 계셨는지 사진만으로 사람 찾는 게 좀 걸리더라고."

마지막까지 히죽거리고 나가는 노형진을 보면서 안말숙은 이를 뿌드득 갈고만 있었다.

⚖️

"왜 그랬나?"

"뭘요?"

"왜 딸을 요구했나?"

"그래야 무너지니까요."

"무너져?"

"네. 저 여자에게 딸은 일종의 관리 대상이에요. 사랑의 대상이 아니라요. 그런데 다른 사람이 그걸 빼앗는다는 것은 절대로 용납하지 못하지요."

더군다나 자신과 결혼하게 되면 자신의 재산은 딸에게 가지만 딸이 정신병을 가진 상황에서 실질적으로 결혼한 사람이 그걸 관리하게 된다.

"당연히 안말숙의 성격상 그걸 용납 못하지요. 아마도 분노로 길길이 날뛰게 될 겁니다. 그리고 화가 날수록 사람은 더 큰 실수를 하기 마련이지요."

"음……."

처음에 몰래 들어가서 뭔가 녹음해 올 거라 생각했던 서승진이었다. 그런데 단순 녹음을 넘어서 도발이라니.

"녹음 파일만 가지고는 약합니다. 아시다시피 대법원까지 갔던 사건입니다. 그리고 우리나라 재판부가 자신들의 잘못을 뉘우치는 게 얼마나 인색한지는 아시지요?"

"그건 그렇지."

지금 녹음한 것만으로는 부족하다. 유능한 변호사라면 그걸 다르게 해석할 수도 있다. 그리고 안말숙은 그런 변호사를 고용할 정도의 능력을 가지고 있다.

"그렇게 되지 않게 하기 위해서는 그녀가 다시 실수하게 만들어야지요."

"자네를 노리는 걸로 말인가?"

"네."

안말숙은 한번 사람을 죽여서 자신의 욕심을 챙겼던 사람이다. 그런 걸 다시 못할 리 없다.

"그리고 그 정도 증거면 확실하게 상황을 뒤집을 수 있을 겁니다."

"위험하네."

"어차피 인권 변호사라는 게 위험한 직업 아닙니까?"

잘못하면 정권에게 찍혀서 제대로 인생 종칠 수 있는 직업이 바로 인권 변호사다.

"미안하군. 무리한 사건을 맡긴 건 아닌지……."

"아닙니다. 이런 사건도 우리가 해야 할 사건이지요. 사실 저도 이번 사건을 하면서 많이 배웠습니다."

자신도 모르게 고정관념을 가지고 사건을 분석하고 있었다. 만일 재개발 이야기를 듣지 못했다면 자신은 아마도 여전히 개인적인 원한을 가지고 뒤를 쫓고 있었을 것이다.

'하긴…… 숨어 있는 것도 이해가 가지.'

그 당시 집주인들이 피해자를 엄청나게 싫어했을 건 뻔한 일이었으니 엄청나게 위협받았을 것이다.

"일단은 준비가 끝나면 정리하도록 하지요. 피날레는 가능하면 화려한 게 좋겠지요? 하하하."

안말숙은 이를 빠드득 갈고 있었다.

'어떻게……'

지금까지 철저하게 비밀을 지켜 왔다. 돈을 벌기 위해서 뭐든 해 왔다. 그게 살인이라고 해도 말이다. 그런데 어디서 시정잡배가 나타난 것이다.

"망할 놈……"

어떻게 알았는지 모르지만 그 녀석은 자신들의 비밀에 대해서 알고 있었다. 물론 노형진의 입장에서는 그저 추론한 것뿐이지만 말이다.

하지만 그것만으로도 노형진이 보여 주지 않은 사진이 그들이 방 안에서 나오는 모습이라고 안말숙이 상상하는 데에는 어려움이 없었다.

"저기, 사장님……"

문이 빼꼼 열리면서 직원이 들어왔다. 구색 맞추기용으로 고용된 여자이기는 하지만 어찌 되었건 그녀가 허락하기 전에는 퇴근도 못 하는 게 현실.

"가 봐."

"네, 안녕히 계세요."

그녀가 인사하고 가려는 찰나였다.

"잠깐."

"네?"

"혹시 그 녀석에 대해서 좀 아는 거 있어? 이름이라든가 그런 거 몰라?"

"어…… 그건 모르겠어요. 대충 봐서는 출소한 지 얼마 안 된 것 같던데요."

"그래?"

"네."

"그렇단 말이지."

안말숙은 심각한 얼굴이 되었다.

"가 봐."

"네."

그녀가 가고 난 후 안말숙은 조용히 침묵을 지키면서 이번 일을 해결할 방법을 생각하려고 했다.

'그러면 그 녀석이 왜 찾아오지 않았는지 말이 돼.'

사진만 가지고 자신을 찾는 못했을 것이다. 그리고 자신의 죄를 뒤집어쓰고 들어간 녀석에게 친구 운운하는 거 보니 그 녀석도 도둑일 가능성이 높다.

'뭔가 일을 저지르고 감방에 들어갔던 모양이군.'

무슨 일인지는 모르지만 제법 오래 있었던 모양이다. 아니면 자주 들어갔든가.

'어느 쪽이든 그 녀석이 날 찾았단 말이지.'

처음에는 그저 돈이나 뜯어내려고 했을 가능성이 높다. 하지만 자신에 대해서 알아차리고는 아예 집어삼킬 생각을 하고 있는 게 분명했다.

'그렇게 나온다면.'

안말숙은 마음을 독하게 먹었다.

'한번 해 본 거, 두 번 하지 말라는 법은 없지.'

그렇게 자신의 미래를 결정하는 그녀였다.

⚖️

"아주 열심히 돌아다니더군요."

"그렇지요?"

"네, 주로 사람이 없고 인적이 드문 곳으로 돌아다니고 있습니다."

"그래야 걸리지 않으니까요. 살인이라는 것도 결국은 익숙해지는 것이니까요."

처음에는 다급한 마음에 한 짓일지도 모른다. 하지만 한번 죽이고 난 후 끊임없이 문제를 곱씹으면서 후회했을 것이다.

'그리고 기술이 발전하겠지.'

연쇄살인범은 이렇게 생겨나는 것이다. 자신이 저지른 살인을 곱씹고 추억하면서 점점 더 완벽한 형태를 잡아 가는 것.

'그런 형태가 아니더라도 분명 뭔가 생각을 해낼 거야.'

안말숙은 지난 15년간 끊임없이 그때 일을 곱씹었을 것이다. 그리고 다음번에 하게 된다면 더 완벽하게 하겠노라고 생각했을 것이다.

"그런데 어설프기는 하더군요."

"프로는 아니니까요."

한번 사람을 죽여 봤다고 프로가 되는 건 아니다. 당연히 고문학이 자신의 뒤를 따라다니는 것을 모를 것이다.

"제가 연락하면 아마도 조용한 곳에서 절 제거하려고 할 겁니다. 그러니까 절 불러낼 수 있는 조용한 곳을 찾고 있는 것이겠지요."

"하지만 그게 쉬울까? 자네는 여자고 상대방은 남자인데? 다시 딸의 도움을 받으려나?"

"그건 무리일 겁니다."

노형진은 조용히 고개를 흔들었다.

"딸은 안말숙과는 다릅니다. 한 번의 살인 때문에 결국은 평생을 정신병원을 들락날락하고 있지요. 그런 상황에서 그녀를 다시 쓴다는 것은 사실상 살인을 실패하겠다는 소리입니다."

"그렇겠지?"

만일 그렇게 된다면 진짜로 그녀가 모든 것을 포기하고 자수할 수도 있다. 당연히 안말숙은 그걸 그냥 두고 볼 리 없다.

"만일 그런 낌새를 보이면 딸이라 할지라도 죽여 버릴 겁니다."

"설마. 딸을 위해서 살인까지 불사하는 사람인데?"

"그건 변명입니다. 자식을 위해서 살인을 불사한다니요. 자식이 생명의 위협을 느끼거나 위기 상황도 아니고 자식이 가지고 가야 할 돈 때문에 살인을 저지른다는 것은 진짜로 그 자식에 대한 사랑이 아니라 자신의 욕심 때문이라는 뜻입니다."

"음……."

"애초에 자식을 위했다면 애초에 살인하러 갈 때 데리고 가지 않았을 겁니다."

만일 성공하면 그 재산은 자녀가 가게 되는 것이고 실패하게 되면 자신만 처벌받는 것이 정상이다. 당연히 일반적인 경우라면 자녀를 살인할 때 데려가지 않는다.

"결국 그녀는 남을 믿지 못한다는 뜻이지요."

그 대상은 자녀도 포함된다. 그런 사람은 만일 자녀가 사실을 증명하거나 밝히려고 한다면 충분하게 문제를 일으킬 가능성이 높다. 그들에게는 자녀란 그저 도구의 다른 이름일 뿐이다.

"독한 여자로군."

"다들 평이 그렇더군요."

그녀는 독하다. 그래서 사람들이 친해지려고 하지 않았다. 당장 친해지려고 하면 온갖 의심을 하니 친해질 수가 없었다.

"결국 도발해서 실수하게 만들 생각이로군."

"네."

증거도 없는 상황에서 고발하는 것은 그다지 효과가 없다. 녹음 내역 역시 변호사에 따라서는 방어할 수 있는 수준이다. 더 정확한 내용을 녹음하지 않으면 이길 수가 없다.

"미안하군……."

서승진은 진심으로 미안한 얼굴이 되었다. 자신이 부탁한 것이 이렇게 위험한 것이 될 거라고는 생각하지 못했던 것이다.

"미안해하실 거 없습니다. 스타일의 문제니까요."

서승진은 인권 변호사다. 하지만 학문적인 법으로 해결하려고 한다.

'하지만 그것만으로는 안 되는 경우가 제법 많지.'

변호사로서 노형진은 증거를 얻을 수 있다면 위험한 도전이라도 하는 타입이다.

"그러면 어떻게 대응할 건가요?"

김소라는 고개를 갸웃하면서 물었다.

"글쎄요……. 일단은…… 총기류는 대응하지 않아도 되겠지요. 전문 밀수꾼이나 범죄자도 아니고 밀수 총기를 구하는 건 힘드니까요."

설사 구한다고 해도 대한민국에서 총기를 이용한 살인 사건은 무척이나 관심을 받기 마련이다.

'하지만 그 여자도 분명 머리를 쓸 거란 말이지.'

힘이 부족하다. 더군다나 전보다 나이를 더 먹었고 딸의 도움을 받을 수도 없다. 자신을 무력화하기 위한 다른 방법을 찾아내려고 할 것이다.

'다만 그게 뭔지 알 수 없다는 게 문제지.'

노형진은 자신도 모르게 얼굴을 찡그릴 수밖에 없었다.

⚖️

"만나자고요?"

─그래. 이런 이야기를 설마 전화상으로 할 거라 생각은 아니겠지?

노형진이 전화하자 자연스럽게 만나자고 하는 안말숙. 뭐, 열심히 조용한 장소를 찾아다녔으니 당연하다면 당연한 일이다.

"그래서 어디서 만날까요?"

─완다랜드에서.

"완다랜드?"

노형진은 그곳이 어딘지 모르기 때문에 고개를 갸웃할 수밖에 없었다. 그래서 인터넷을 찾아봤는데 기가 막혀서 말이 안 나왔다.

'이건 뭐, 바보도 아니고.'

완다랜드는 개장도 못해 버린 놀이동산이었다.

모 지자체가 지방에 만들어 보겠다고 야심차게 시작했는데 애초에 인구가 많은 지역도 아니었고, 주변 대도시에 이미 놀이동산이 있었기 때문에 수익성도 좋지 않았으며, 토지 수요 과정에서 분란이 일어나 망해서 결국 건설사의 배만 불려 준 흔해 빠진 국가 시책의 결과물이었다.

"여기는 모르는데요?"

노형진이 모르는 척 최대한 목소리를 깔고 대답하자 아니나 다를까, 상대방은 그럴 거라는 듯 자세한 설명까지 해 줬다.

─못 찾겠으면 인터넷에 찾아봐. 오는 방법은 거기 나와 있으니까.

"뭐, 그렇죠."

─그때 보도록 해.

말이 끝나기 무섭게 전화를 끊어 버리는 안말숙.

노형진은 피식 웃으면서 수화기를 내려놨다.

"완다랜드에서 보자고 하나?"

"네."

"아주 대놓고 죽이겠다는 거군."

"그러네요."

버려진 유원지에 사람이 올 리 없다. 더군다나 그 넓은 곳에 누가 있겠는가? 대화하고자 한다면 자신의 사무실에서 하는 것이 제일 안전하다. 그런데 완다랜드로 오라는 것 자체가 무슨 목적이 있다는 뜻이다.

"자네를 만만하게 보는 건가?"

"일단 그쪽에서는 절 전과자로 보고 있습니다. 그러니 의심할 거라 생각하지 않는 거죠."

"전과자라는 게 멍청하다는 뜻은 아닌데?"

"그것도 고정관념이죠."

똑똑한 사람이라면 범죄를 안 저지른다. 그렇게 사람들은 생각한다. 그래서 전과자들이 멍청하다고 생각한다. 하지만 그건 반은 맞고 반은 틀리다.

확실히 전과자들이 학력이 낮기는 하다. 그러나 그건 그들이 멍청해서라기보다는 상당수의 전과자들이 생계에 밀려서 범죄를 저지른 만큼 공부에 대한 기회가 없었기 때문이다. 실제로 똑똑한 녀석들 중에서도 범죄자는 많으며 또한 잡혀오는 사람도 많다.

"그나저나 장소를 정했다는 건 자네를 제압할 방법이 있다는 것이겠지?"

"그렇겠지요."

그렇지 않다면 이렇게 당당하게 만나자고 할 리 없다.

'사람을 동원할까? 그건 무리야. 저런 타입은 자기 스스로 하는 타입이야. 절대 남에게 맡기지 않아. 그리고 뒤통수를 한번 맞아 봤으니 절대로 증인을 남기고 싶어 하지 않겠지.'

그때도 그랬다. 처음 하는 것인 만큼 부담스러워서 누군가를 쓰는 게 정상임에도 불구하고 안말숙은 직접 손을 썼다.

　'여자가 남자를 제압한다. 그것도 건장한 남자를……. 접근하기에는 무리가 있고…….'

　노형진은 수많은 가능성 중 하나를 생각하고는 고개를 끄덕거렸다.

　'뭐, 어떻게든 될 것 같네. 후후후.'

　"여긴가."

　노형진은 주변에서 빌린 허름하다 못해서 굴러가는 게 신기할 정도의 차에서 내려서 안으로 들어갔다. 어디서 바라보는지 알 수 없기 때문에 너무 좋은 차를 끌고 가면 의심하게 뻔하기 때문이다.

　"을씨년스럽고 좋네."

　노형진은 선글라스를 쓰고는 주변을 둘러보면서 안으로 들어가기 시작했다.

　"여기다."

　얼마 들어가지 않아서 회전목마 근처에서 조용히 나타나는 안말숙.

　그녀는 의심스러운 눈빛으로 주변을 둘러보았다.

"혼자 왔나 보네?"

"뭐, 방금 출소한 범죄자랑 친하게 지낼 사람은 없거든."

노형진은 히죽거리면서 웃었다. 얼핏 보면 네가 무슨 짓을 하든 어렵지 않게 이길 수 있다는 자신감처럼 보였다.

'그렇게 보여야지.'

사실 누구나 의심할 만한 상황이다. 그걸 자연스럽게 넘어가려면 이쪽이 과도한 자신감을 가지고 있으면 된다.

"그리고 나중에 그 새끼가 떡고물을 달라고 엉겨 붙으면 나도 귀찮고 말이야."

"그렇단 말이지."

"그나저나 마음은 결정한 거야? 잘한 거야. 내가 혼인신고 만 하면 최소한 정신병원비는 내줄 거 아냐. 그러면 딸은 길바닥에서 굶어 죽지는 않아도 되겠지."

히죽거리면서 다가가는 노형진이었다.

'자, 그럼 준비하신 카드를 꺼내 보시지.'

노형진이 다가오자 결심을 굳힌 듯 슬쩍 손을 뒤로 감추는 안말숙.

"뭐 이상한 짓 하려고? 그래 봤자야. 아무리 그래도 내가 당신 같은 노친네한테 당할 것 같아? 그냥 내 말대로 하는 게…… 끄아아악!"

그 순간 얼굴에 날아온 무언가. 그리고 그걸 뒤집어쓴 노형진은 자신도 모르게 비명을 지르면서 바닥을 나뒹굴었다.

"아악! 내 얼굴! 내 얼굴!"

노형진이 바닥을 나뒹굴고 있자 안말숙은 바로 옆에 있던 몽둥이를 들어서 노형진을 마구 두들겨 패기 시작했다.

"커헉!"

"너 같은 새끼한테 주려고 내가 악착같이 돈을 모은 줄 알아?"

"크헉!"

"죽어! 죽어, 이 새끼야!"

마구 내리치는 안말숙. 그러다가 그게 부족하다고 생각한 건지, 아니면 길게 끌 생각이 없었던 건지 그녀는 자신의 가방에서 제법 기다란 칼을 꺼내 들었다.

"죽어!"

다짜고짜 노형진을 찌르기 위해서 달려드는 안말숙.

하지만 다음 순간 그녀는 소스라치게 놀라고 말았다. 분명 바닥을 나뒹굴고 있어야 하는 노형진이 벌떡 일어나서 양손으로 칼이 들어오는 것을 막았던 것이다.

"어떻게……?"

"으으으……."

노형진의 손을 타고 들어오는 그녀의 기억.

"그랬나……. 네년이 조갑만 가족을 다 죽였구나, 그때……."

"그래……. 그 새끼는 죽어라 내 말을 안 들었어. 내 평생의 모은 돈은 푼돈이었지. 집 두어 채 사면 끝이었어. 그걸 몇십 배로 불릴 수 있는 기회였는데…… 그럴 수 있는 기회였는데! 그 녀석이 결사반대를 했어!"

그 당시 기억이 떠오르자 노형진은 흠칫했다.

죽어 가는 사람의 고통. 그리고 절망감이 그대로 느껴지는 눈빛. 그 눈을 마주하면서 웃고 있는 안말숙.

"그 녀석이 자초한 거야."

"그러면 강찬술은 그냥 놔줘도 되잖아!"

"미쳤어? 내가 완전히 혐의에서 벗어날 수 있는 기회인데? 그 멍청한 것이 그때 들어온 게 잘못이지. 덕분에 난 편하게 혐의에서 벗어났지."

처음에는 누군가 다른 사람이 왔다고 생각했다. 그래서 그도 죽일 생각을 하고 기습하려고 안방으로 숨었다. 그런데 그녀의 생각과 다르게 상대방은 사람을 살리려고 하다가 결국 도망갔다.

"뭐, 어때서? 인생 쓰레기 같은 도둑놈 하나 사형당하는 것뿐인데. 네놈도 그 녀석과 같은 도둑놈이잖아?"

"이익……."

"죽어……. 그러니까 죽어. 너 같은 도둑놈이 죽어야 세상이 깨끗해져."

"지금이라도 자수해."

"미쳤어? 호호호. 너만 죽이면 내가 조갑만 그 새끼를 죽인 걸 누구도 모르는데 내가 왜? 호호호. 그러니까 죽어. 어차피 살아 있어 봐야 누군가 도둑질하면서 살 거잖아. 그러니까 죽어!"

어떻게 막기는 했지만 가스총을 뒤집어써서 그런지 점점 힘에서 밀려서 안으로 파고들어 오는 칼날.

칼날이 드디어 노형진의 배에 닿는 듯하자 안말숙은 희열을 느끼면서 고함을 질렀다.

"죽어! 죽으라고…… 어?"

그런데 느낌이 이상했다. 과거와는 달랐다. 과거에 조갑만의 가족을 죽을 때의 그런 느낌이 아니었다. 쑥 들어가는 게 아니라 옆으로 비껴가는 듯한 느낌. 그리고 둔탁한 저항.

"어?"

그제야 안말숙은 노형진의 입에 미소가 걸려 있는 걸 볼 수 있었다.

"내가 바보로 보여요?"

"뭐?"

"내가 봐서는 당신이 바보네요."

"그게 무슨…… 까아악!"

갑자기 노형진이 박치기를 하자 자신도 모르게 칼을 놓치고 바닥을 나뒹구는 안말숙.

"자백 감사합니다."

노형진은 미소를 지으면서 칼을 발로 차서 저 멀리 떨어뜨렸다. 그러자 여기저기서 숨어 있던 사람들이 튀어나오기 시작했다.

"어…… 어떻게……?"

"너무 뻔하잖아요?"

자신을 죽이려고 여기에 불러온 것이다. 그렇다면 일단은 자신을 제압해야 한다. 문제는 힘으로는 안 된다는 것.

"결국은 남은 건 가스총이죠."

스턴건은 근접해서 작동해야 하기 때문에 도리어 당할 수도 있다. 더군다나 크기가 커서 티도 많이 난다.

"그래서 미리 준비를 좀 했지요."

피부에 잘 보이지 않게 코팅제를 발라서 피부를 보호하고 보호할 수 없는 눈은 선글라스를 썼다.

물론 고통이 있기는 했지만 못 참을 정도는 아니었다.

"그리고 당신이 마지막에 칼을 쓸 거라는 것은 알고 있었으니까."

전 살인에서도 칼을 썼다. 사람은 살인을 할 때 선호하는 흉기가 있기 마련이다. 그게 전문 살인범이든 아니든 말이다.

"그래서 방검복을 두둑하게 입고 왔지요."

방검복으로는 불안해서 아예 안쪽으로 제법 두꺼운 책도 하나 넣어 왔다.

"아까 그럼 힘에서 밀린 건……."

"힘에서 밀린 게 아니라 밀리는 척하면서 책이 있는 곳을 칼날의 방향을 잡은 겁니다."

노형진은 얼굴을 물수건으로 문지르면서 말했다.

그 말을 들은 안말숙은 혼이 나간 듯 멍하니 서 있었다.

"이럴 수가……."

물수건으로 문지르자 드러나는 노형진의 모습.

노쇠한 나이 먹은 범죄자가 아니라 젊은 청년의 모습이 나타나자 그제야 안말숙은 자신이 함정에 빠졌다는 사실을 알아차렸다.

"덕분에 의뢰인을 풀어 줄 수 있겠네요. 후후후."

안말숙은 멍하니 노형진을 바라보다가 찢어지게 비명을 지르기 시작했다.

"끼아아아아아!"

그렇게 텅 빈 놀이동산에 비명이 울려 퍼졌다.

⚖

"조용하네요."

"섭섭합니까?"

"아니요……."

강찬술은 교도소에서 나오면서 주변을 보고 중얼거렸다.

"도리어 너무…… 좋아요……."

그가 들어갈 때는 온갖 곳에서 와서 취재를 했다.

저지르지도 않은 죄를 뒤집어쓰고 고문당하고 그 후에 사형까지 언도받아서 교도소에 들어간 지 15년.

누구의 관심도 받지 못한 채로 교도소 바깥으로 나온 그는 세상이 바뀐 느낌이었다. 아니, 바뀌었다.

　"실감이 안 납니다."

　"아마도 며칠 지나면 실감이 날 걸세. 스마트폰이라고 아는가?"

　"스마트폰?"

　서승진은 그런 강찬술에게 웃으면서 농담을 던졌다. 하지만 진짜로 스마트폰을 모르는 듯하자 솔직히 당황한 눈치였다.

　"그건 나중에 알아 가시면 됩니다. 일단은 세상으로 나오셨으니까요. 이제 세상에 익숙해져야지요."

　"익숙해져라……."

　강찬술은 갑자기 고개를 숙여서 자신의 두 손을 바라보았다.

　아무것도 없는 빈손. 이 옷조차도 서승진이 미리 사다 주지 않았다면 15년 전에 입고 있던 옷을 입어야 했을 것이다.

　"아무것도 없는데…… 익숙해질 수 있을까요?"

　아무것도 없다. 원래도 가난했는데 지난 15년간 강찬술이 할 수 있는 것은 아무것도 없었다. 이대로는 다시 빈집털이가 될 판국이다.

　"돈은 정부에서 줄 겁니다."

　"정부에서?"

　"네, 이미 소송 준비를 하고 있습니다. 명백하게 잘못된 재판으로 감옥에 가셨으니까요."

"하지만 그게 얼마나 될지는……."

"생각보다 많을 겁니다."

노형진은 싱긋 웃었다.

이것과 비슷한 사건이 미래에도 있었다. 그 사람도 억울한 누명으로 15년간 감옥에 있다가 나왔다. 그 사람에게 배상된 금액은 26억. 지금이야 좀 더 적을 수도 있겠지만 못해도 20억은 받을 수 있다. 그 정도면 강찬술이 자리를 잡을 수 있다.

"좋게 생각하세요."

노형진은 저 멀리 보이는 하늘을 가리키면서 미소를 지었다.

"이제 당신의 앞을 가로막는 교도소의 벽은 더 이상 없으니까요."

강찬술은 멍하니 하늘을 바라보면서 눈물을 흘리기 시작했다.

"이번이 당신의 인생의 두 번째 기회입니다……."

"두 번째…… 기회…… 크흑……."

그는 그렇게 하염없이 눈물만 흘릴 뿐이었다.

썩은 사과 이론

　노형진.

　하늘이 내린 변호사, 분쇄기, 가난한 자들의 희망, 새론의 괴물, 천재 등 그에게는 많은 이름이 있다.

　하지만 그들은 모르는 노형진의 모습도 있다. 아니, 노형진이 스스로 그런 모습을 만들려고 노력하는 중이었다.

　"노 변호사님한테 이런 모습이 있는 줄 몰랐어요."

　"이건 좀…… 비밀로…….."

　노형진은 김소라를 보면서 진땀을 뻘뻘 흘리고 있었다. 하지만 김소라는 재미있다는 표정으로 노형진을 바라볼 뿐이었다.

　"글쎄요…….."

"아니, 저기…… 이건 좀 그래도……."

"전 입이 좀 가벼운 편이라서요. 다른 사람들이 참 재미있어 할 것 같은데."

"어…… 그게 말이죠."

만나서는 안 되는 장소에서 그녀를 만났다. 최악의 만남이라 할 수 있었다.

"와, 저기 있다!"

그 순간 저 멀리 다가오는 학생들.

학생들은 노형진을 발견하고는 손을 번쩍 들었다.

"개미 형! 여기예요! 여기!"

"개미?"

"에……."

"빨리 와요! 나올 때가 되었어요!"

"개미? 푸하하하, 개미……! 푸하하……! 닉이 개미예요? 아이고, 배야……."

"하하하하……."

노형진은 최악의 상황에 어쩔 수 없이 마지막 카드를 꺼내 들었다.

"랍스터로 통 칩시다."

"호호호, 개미…… 호호호."

"가족 모시고 와도 됩니다."

김소라는 갑자기 정색하면서 벌떡 일어났다.

"콜."

'아…… 당했다.'

노형진은 그걸 보고 한숨을 쉴 수밖에 없었다.

⚖️

"그나저나 의외네요. 노 변호사님이 덕질이라니."

"하하하."

커피숍에서 노형진은 어색하게 웃으면서 시선을 돌렸다.

"에이, 뭘 그래요. 사실 노 변호사님은 덕질 해도 되는 나이지요."

"그건 그런데……."

노형진은 사실 덕질을 해도 이상할 게 없는 나이이기는 하다. 하지만 그렇다고 해도 괜히 어색한 것은 어쩔 수가 없었다.

'아, 하필이면 공개방송에서 만날 줄이야.'

사실 노형진은 회귀 전에는 이런 것에 전혀 관심이 없었다. 그런데 어쩌다 보니 이번 생에는 덕질이라는 것을 하고 있는 것이다.

"전혀 어울리지 않아서 솔직히 놀랐어요. 회사에서는 안 그런 편이잖아요?"

"솔직히 회사에서는 좀 억누르고 있기는 하죠. 격이 없이 지낸다고는 하지만 변호사로서 자리가 있다 보니. 거기에다 이사회에 속해 있기도 하고……."

"난 재미있는데요?"

김소라는 피식 웃었다. 하긴 이런 모습의 노형진을 본 게 처음이니까.

'나도 신기한 일이지.'

전혀 관심이 없던 연예계, 그것도 아이돌에게 관심을 보이다니.

'정신과 육체의 괴리라는 건가?'

노형진은 솔직히 요즘 그걸 느끼고 있었다.

그의 정신은 늙을 대로 늙은, 올드 한 아저씨다. 그것도 과거의 기억을 가지고 있으며 변호사로서 성공해서 상류층 생활을 하던.

그런데 몸은 20대 초반의 건장한 청년이다. 그러니 아무리 정신이 조숙해도 호르몬의 영향에서 벗어나는 것은 쉬운 일이 아니었다.

"그래서 누구 팬클럽이에요?"

"네?"

"노 변호사님이 없는 시간 쪼개 가면서 공개방송까지 따라온 팬클럽이 누구냐고요."

"어…… '탑코어'라고…… 걸 그룹인데요……."

"오호."

인터넷을 뒤져서 사진을 찾아본 김소라는 피식 웃었다.

"이런 타입?"

"아뇨, 그건 아니고 그냥 열정적인 모습에 반했달까요?"

"반하다? 아…… 맞다. 노 변호사님, 대룡엔터테인먼트 지분이 무척이나 많지요?"

"네."

노형진은 대룡과 함께 만든 대룡엔터테인먼트의 지분의 20%를 가지고 있다. 원래 그렇게까지 가질 생각이 아니었지만 대룡의 회장인 유민택이 대룡엔터테인먼트 설립 조건으로 노형진의 참여를 요구한 데다가 성공하고 나서 선물받은 것도 있어서 그렇게 늘어난 것이다.

"그런데 탑코어는 거기 소속이 아닌데?"

"뭐…… 아무래도 형평성 문제도 있고…….."

노형진이 만일 거기 소속에 소속된 관심을 가지고 있다고 한다면 분명 내부적으로 그들을 밀어주려고 할 것이다.

물론 그건 나쁜 것은 아니다.

문제는 그건 공적인 영역이라는 것.

'공은 공이고 사는 사니까.'

자신이 좋아한다는 이유만으로 무조건 지원받는 것은 형평성에 문제가 있다. 사실 노력하는 모습에 반했다고 하지만 연예인이 되기 위해 노력하지 않는 연습생이 얼마나 되겠는가?

'더군다나 난 완전히 문외한이란 말이지.'

노형진이 아무리 미래에서 지식을 가지고 있다고 해도 한

계란 있을 수밖에 없다. 특히 쥐약인 것은 바로 연예계다.

아주 유명한 그룹과 기업쯤은 알고 있지만 그렇지 못한 어정쩡한 그룹이나 중간쯤 가는 애들은 전혀 모른다. 그런 상황에서 아는 척했다가는 대기만성 타입의 아이들을 초반에 완전히 망하게 할 수도 있기 때문에 가능하면 티를 내지 않는 중이었다.

"그래서 인터넷으로만 활동하고 닉이 개미예요?"

"사실은……."

"사실은?"

"개미가 아니라 개미핥기……."

"네? 개미핥기? 푸하하!"

결국 김소라는 빵 터져서 한참을 웃었고, 노형진은 그 모습에 왠지 울컥했다.

"그러고 보니 저야 그렇다 치고 소라 씨는 왜 온 겁니까?"

나름 회심의 반격을 하는 노형진이었다. 사실 공개방송에 온다는 것 자체가 어찌 보면 당연한 목적을 가지고 온 것이라고 할 수 있었다.

"저야 덕질 하러 왔지요!"

당당하게 말하는 김소라를 보면서 노형진은 빵 쩌서 입을 쩍 벌렸다.

'아…… 공격은 못하겠다.'

똑같이 덕질로 공격하려고 했는데 그걸 아주 자연스럽게

받아들여 버리는 그녀에게 뭐라고 할 수가 없었던 것이다.

"에헤헤."

"덕질이라……."

노형진은 갑자기 피식 웃음이 나왔다.

생각해 보면 자신이 이상한 거고, 김소라가 자연스러운 거다. 연예인을 좋아하는 것이 나쁜 것은 아니다. 나쁜 생각만 안 한다면.

"소라 씨는 누구를 좋아하는데요?"

"자칼요!"

"흠……."

자칼은 요즘 뜨고 있는 그룹이다. 원래 역사에는 없었지만 노형진과 대룡이 만든 기획사 협동조합에서 기획사들이 뭉쳐서 만들어 낸 그룹으로, 폭발적인 반응을 일궈 내고 있었다.

"그래서 보셨어요?"

"멀리서만요. 언제 제대로 가까이서 봤으면 좋겠지만 뭐, 꿈같은 일이지요."

"꿈같은 일은 아니죠."

"네?"

"아까 말하셨잖습니까, 저, 지분이 많다고?"

"네? 하지만 그 애들은 연합체 소속 아닌가요?"

대룡엔터테인먼트가 기획사 조합의 수장이기는 하지만 그렇다고 지배자인 건 아니다. 노형진이 그런 경우 모든 집단이 하나로 통일되어 자칫 개성이 사라지는 것을 걱정해서 그 부분에 대해서는 선을 명확하게 그어 놨기 때문이다.

"그건 그렇지요. 확실히 공은 공이고 사는 사죠."

"그런데요?"

"하지만 사적으로 만날 약속에 한 명 정도 데려가는 것은 어려운 일이 아닙니다."

김소라의 얼굴이 무척이나 환해지기 시작했다.

⚖️

"사장님!"

"얼, 예뻐졌네요? 그리고 나, 사장님 아닙니다."

"아, 맞다. 변호사님!"

"하하하."

노형진은 자신의 앞에 있는 사람을 보면서 웃었다.

"아, 인사해요. 이쪽은 김소라라고 우리 소속사에 있는 사람이에요. 저쪽은 자칼이고. 알다시피 가수고…… 이쪽도 가수고."

오늘은 중요한 날이었다. 노형진이 개인적으로 가수들과 관계를 가지는 것을 꺼리지만 기존에 관계가 있다면 그건 문제가 될 것이 없다. 그리고 오늘은 그런 사람 중 한 명인 강수련의 데뷔 첫날이었다.

"축하해요, 수련 양."

"감사해요."

강수련은 노형진이 만구파에서 구해 준 소녀였다.

만구파는 어리고 아름다운 아이들을 강제로 자신들의 사위 직급의 사람들에게 시집보내고는 했는데 그에 거부해서 탈출했던 게 바로 강수련이었다. 그 당시 구출 작전을 하던 중 그녀에게 끼가 있다는 사실을 알아챈 소속사에서 그녀를 영입해서 연습시키다가 이번에 제대로 데뷔한 것이다.

'참 신기한 일이네.'

원래 역사에서는 강수련이라는 가수는 없었다. 아마도 원래 역사에서는 그녀는 누군지도 모를 만구파의 노친네에게 팔려 가듯이 시집갔을 것이다. 그리고 그게 그 인생의 마지막이었을 것이다.

"반갑습니다. 김소라라고 합니다."

김소라는 눈이 어느 때보다 더 커진 상태였다. 그럴 수밖에 없는 게 자신이 좋아하는 가수인 자칼을 눈앞에서 볼 수 있었기 때문이다. 더군다나 그냥 보는 것도 아니고 친한 사람들만 모이는 술자리에 낀 것이다.

"소라 씨는 자칼 팬이라고 하더군요."

"어머, 어머. 노 변호사님, 무슨 말씀이세요."

마치 부끄럽다는 듯 노형진을 치는 김소라.

"컥."

하지만 부끄러움에 치는 것치고는 무척이나 파워풀했기 때문에 노형진은 자신도 모르게 숨을 삼켜야만 했다.

"자, 오늘은 다이어트 포기하고 다들 먹는 겁니다. 알았지요?"

"네!"

"우와! 삼겹살! 삼겹살!"

"누가 보면 굶기는 줄 알겠다."

"닭가슴살은 고기 아닙니다!"

"하하하."

그렇게 즐거운 파티를 하러 가는 노형진이었다. 하지만 그날이 노형진이 손에 꼽을 만큼 분노하게 되는 날이라고는 생각도 하지 못했다.

⚖️

"노 변호사님."

"네?"

왁자지껄한 술집에서 다들 신나게 술을 마시고 있었다.

노형진 역시 그들과 함께 못하는 술이지만 조금씩은 마시고 있었다. 그런데 그런 노형진을 부른 것은 다름 아닌 김소라였다.

"잠깐 저 좀 보죠?"

"네?"

노형진은 김소라의 얼굴을 보고는 고개를 갸웃했다. 아까 전만 해도 그녀의 얼굴은 행복에 겨워서 어쩔 줄 몰라 하는 모습이었다. 하긴 자기가 좋아하는 가수와 술을 마신다고 하니 좋아할 수밖에 없었다.

　그런데 지금은 말 그대로 냉기 풀풀 날리는 범죄자를 대할 때의 형사의 모습이었다.

　'왜 그렇지?'

　그녀는 노형진이 새론으로 스카우트해 오기 전까지는 형사였다. 그렇기 때문에 이런 모습을 보인다는 것은 범죄와 관련 있다는 뜻이었다.

　"분위기 망치기 싫으니까 조용히 나가서 이야기해요."

　"음…… 그렇지요."

　노형진은 직감적으로 문제가 생긴 것을 알고는 고개를 끄덕거리고 바깥으로 나갔다.

　"노 변호사님, 혹시 이쪽에 대해서 잘 아세요?"

　"아니요."

　잘 알 리 없다. 그래서 문외한이라 하는 거고, 직접 전면에 나서지 않는 것이다.

　"왜 그러시는데요? 뭐, 애들이 실수라도 했습니까?"

　노형진은 혹시나 하는 마음에 물었다.

　성공한 가수들은 팬들을 언제든 부를 수 있다. 문제는 가끔 그런 가수 중에서 질이 안 좋은 녀석이 있을 수 있다는 거다.

김소라는 어디 모델을 해도 빠지지 않을 만큼 외모를 가진 만큼 혹시나 술에 취해서 자칼 멤버가 못된 짓을 한 건 아닌가 하는 생각을 하는 노형진이었다.

　"그쪽이 아니에요. 솔직히 제가 자칼을 좋아하지만 그런 것에 넘어갈 만큼 어리숙하지도 않고요."

　그런 노형진의 고민을 아는 건지 김소라는 선을 딱 그었다.

　"자칼 멤버가 실수한 건 아니라는 말씀이군요."

　"네."

　"그럼 왜 그러시나요? 다른 소속사 사장이 실수했나요?"

　"저한테 한 건 아니지만 그런 것 같군요."

　"네?"

　"세모라는 곳 아세요?"

　"세모?"

　"네, 보아하니 협회에 소속된 곳 같던데요."

　노형진은 고개를 갸웃했다. 자신이 모든 곳을 다 아는 것은 아니었기 때문이다.

　"글쎄요……. 제가 지분만 가지고 있지, 자세한 건 잘 몰라서요. 그건 다 대룡에서 관리하거든요. 무슨 일이십니까?"

　노형진은 그녀의 반응으로 봐서는 심각한 일이 벌어지고 있다는 사실을 알아차렸다.

　"아까 바람을 쐬러 잠시 나갔다 왔지요."

　"그런데요?"

"그런데 바깥에서 반갑지 않은 소리가 들리더군요."

"반갑지 않은 소리?"

"네, 성 상납을 강요하더군요."

노형진은 얼굴이 딱딱하게 굳었다. 아무리 연예계에 관심이 없어도, 그리고 아무리 신경을 쓰지 않으려 해도 모를 수 없는 것. 연예계의 고질적인 병폐인 성 상납이었다.

"세모라는 곳에서 강요하던가요?"

"네, 상대방은 대략 고등학생쯤 되어 보이고요."

"고등학생요?"

"네."

"이런 미친……."

노형진은 자신도 모르게 이를 빠드득 갈았다.

'내가 왜 모임을 만들었는데.'

연예 기획사 모임인 협동조합을 만든 것은 연예계의 고질적인 문제들을 해결하기 위해서였다. 그리고 그중 하나가 바로 성 상납 문제였다. 세력이 커지면 섣불리 그런 요구를 하지 못하기 때문이다. 그런데 아직도 성 상납이 있다니.

"저도 사회생활을 모르는 바는 아니기 때문에 어지간하면 넘어가려고 했지만 상대방은 미성년자입니다. 이건 도무지 넘어갈 수가 없네요."

하지만 명확한 증거도 없는 상황에서 고발할 수도 없는 노릇이다.

"미안합니다."

노형진은 사과할 수밖에 없었다.

지난번에 강수련을 빼내고 나서 사실 대룡에 일임하고 신경을 쓰지 못한 것이 사실이다. 지분이 있어서 돈은 계속 들어오지만 자신이 통제할 것은 아니었기 때문이다.

그런데 자신이 고치고자 했던 가장 더러운 부분이 아직도 남아 있을 거라고는 생각도 못 했다.

"이 문제는…… 제 명예를 걸고 해결하겠습니다."

노형진은 진심으로 이를 갈며 속으로 화를 삼키면서 중얼거렸다.

"노 변호사님?"

노형진은 다음 날 바로 대룡엔터테인먼트로 향했다. 그리고 그곳에서 대룡엔터테인먼트를 담당하고 있는 남석우를 만났다.

"아니, 어쩐 일로 오셨습니까?"

"확인할 게 있어서 왔습니다."

"확인할 것?"

"혹시 남석우 사장님은 협동조합 내부에서 성 상납이 이루어지는 걸 아십니까?"

남석우는 갑자기 움찔했다. 노형진은 더 이상 말하지 않고 그런 남석우를 뚫어져라 바라만 볼 뿐이었다.

　　"하아, 차 한잔하시겠습니까?"

　　"별로 생각이 없군요."

　　"이야기가 길어질 겁니다. 앉으시죠."

　　노형진은 어쩔 수 없이 자리에 앉았고 그의 앞으로 따뜻한 차 한 잔이 나왔다.

　　"왜 말 안 하셨습니까?"

　　"현실이니까요."

　　"현실이라고요?"

　　"네, 이 바닥이라는 게 이렇습니다. 제가 노 변호사님의 의견은 압니다. 처음에 제가 여기 담당이 되었을 때 노 변호사님이 하셨던 말씀도 기억하고 있고요."

　　그때 노형진은 부디 노력하는 아이들이 고통받지 않기를 원한다고 남석우에게 신신당부했다.

　　"그 결과가 이겁니까?"

　　"한계라는 게 있더군요."

　　"한계?"

　　"네."

　　"그래서 제가 조합을 만들어 준 거 아닙니까!"

　　"그래서 한계라는 겁니다."

　　"뭐라고요?"

"지금의 성 상납은 과거와는 다릅니다. 그래서 우리도 막을 수가 없지요."

"도대체 무슨 말씀입니까?"

노형진이 화내려고 하자 남석우는 자신의 앞에 놓인 차를 한 모금 마시고는 한숨을 푹 쉬었다.

"지금 우리 엔터테인먼트 협동조합의 가장 큰 문제가 뭔지 아십니까?"

"뭔데요?"

"생존률입니다."

"생존률? 제가 그거 때문에 협동조합을 만든 거 아닙니까?"

"네, 그렇지요. 그런데 그게 문제가 되었습니다. 도리어 높은 생존률 때문에 이런 일이 터진 거죠."

노형진은 멍해졌다. 높은 생존률 때문에 이런 일이 벌어졌다는 게 순간 이해가 가지 않았던 것이다. 하지만 설명이 길어질수록 노형진은 자신이 실수했다는 것을 인정할 수밖에 없었다.

"지금의 성 상납은 과거와 다릅니다. 과거에는 힘이 없고 백이 없어서 해야 하는 것이었다면, 지금의 성 상납은 자발적인 겁니다."

"자발적인 거라고요?"

"네."

노형진은 이야기를 들을수록 자신의 생각이 짧았다는 것

을 느꼈다.

확실히 협동조합으로 만들어지면 작은 연예 기획사들의 생존률이 높아진다. 이는 분명 노형진이 노린 바였다.

또한 대룡이라는 거대한 기업의 아래로 속하게 되면서 과거처럼 대놓고 성 상납을 요구하지 못하게 되었다. 대룡이 그 부분은 전쟁하는 한이 있어도 못하게 하겠다고 못을 박았고, 고작 여자 때문에 대룡과 전쟁하려고 한 사람은 없었으니까.

문제는 그 후였다.

"생존률이 너무 높아지면서 들어오는 사람들도 많아졌죠."

연예 기획사는 설립은 쉽지만 생존은 어려운 직종이다. 그런데 지금은 대룡이 그걸 지원해 준다. 대신에 지분 중 얼마를 가지고 간다. 문제는 생존률이 높아지자 너도나도 기획사를 만들겠다고 뛰어들었다는 것.

그리고 그것은 난립을 불러왔고 그 피해는 고스란히 젊은, 아니 어린 연예인들과 지망생들에게 닥쳐왔다.

"과거에는 저쪽에서 요구해 왔다면 지금은 한 번이라도 기회를 잡으려고 자발적으로 상납합니다. 물론 이 자발적이라는 것은 결국 기업의 입장에서일 뿐이지만요."

연예인 지망생이나 무명이라고 하지만 누군지 모르는 남자의 품에 안기는 것이 좋을 리 없다.

결국 자발적으로 한다고 하지만 기획사 대표가 강제로 시키는 것은 과거와 다를 바가 없다. 전과 달라진 것은 과거에는 기획사 대표가 어쩔 수 없이 압력에 보내는 것인 반면 지금은 기획사 대표가 자발적으로 보낸다는 것이다.

과거에는 생계형이었다면 지금은 탐욕형 범죄가 된 것이다.

'망할.'

노형진은 자신도 모르게 이를 뿌드득 갈았다.

"대룡에서는 왜 그걸 방치한 겁니까?"

"협동조합이니까요. 우리도 결국 조합원일 뿐이구요."

"아……."

노형진은 혹시나 대룡에 모든 권력이 몰릴까 봐 주식회사 형태가 아닌 협동조합의 형태로 만들었다. 조합은 무조건 동일한 표결권을 행사하기 때문이다.

문제는 그렇기 때문에 아무리 대룡이라고 해도 저들을 통제할 권한이 약하다는 것.

"물론 연습실 사용 같은 것에서 최대한 불이익을 주면서 어떻게 해 보려고 했지만…… 쉽지는 않더군요."

"지분을 가지고 있다고 해도요?"

"지분을 가지고 있다고 해도 마음대로 할 수 있는 것은 아니지요."

"다른 사람들도 있지 않습니까?"

"이 바닥에 들어오는 인간들 중에 노 변호사님처럼 순수한 마음에 기회를 주기 위해서 오는 사람들이 얼마나 될 것 같습니까? 대부분의 사람들은 그냥 돈만 준다고 하면 아이들이 무슨 일을 당하든 관심도 없습니다."

노형진은 이를 빠드득 갈았다.

'이건 아니야.'

자신이 덕질을 하게 된 이유가 뭔가? 꿈을 위해서 노력하는 그들의 모습이 찬란하게 빛난다고 생각해서다.

그런데 자신이 노력한 것과는 다른 모습들.

그들은 자신처럼 미래를 아는 것도 아니고, 그렇다고 실패했을 때 뭔가를 할 수 있는 것도 아니다. 그럼에도 불구하고 그들은 뭔가를 위해서 자신의 인생을 기꺼이 걸었다.

'그런데 그런 아이들을 여전히 이용해 먹어?'

노형진은 절대로 용서할 수 없는 일이었다. 그 아이들은 누군가의 우상이며 가족이다.

"그래서 대룡에서는 방법을 못 찾은 겁니까?"

"아직까지는……."

"왜 저한테 말하지 않으신 겁니까?"

"아무래도 노 변호사님은 바쁘시고……."

"그래도 제가 지분을 가진 곳입니다. 더군다나 제가 왜 이런 곳을 만들었는지 아시잖습니까!"

"그 부분은 죄송합니다."

남석우는 솔직하게 자신의 잘못을 인정했다.

"후우."

노형진은 답답한 마음에 한숨만 나왔다.

'가끔은 인간이라는 게 싫군. 아무리 법이 개발된다고 해도 편법을 찾는 게 인간이라던가.'

법 쪽에 있으면서 가장 유지하기 힘든 것 중 하나가 바로 인간에 대한 믿음이다. 자신들이 아무리 노력해도 법을 어기는 놈이 있고 아무리 법을 잘 만들어도 그 안에서 허점을 찾아내는 놈이 있기 때문이다.

'이건 뭐…… 무한 루프도 아니고.'

법에서 허점을 찾으면 그걸 막기 위해서 특별법이 만들어지고, 다시 허점을 찾고, 그럼 또다시 특별법이 만들어지는 악순환.

그래서 대한민국의 법은 법을 전공한 사람들조차도 다 모를 정도로 많은 것이 현실이다.

"저희도 어떻게 해서든 그런 녀석들은 퇴출시키려고 노력 중입니다만……."

하지만 쉬운 게 아니었다. 일단 협동조합이라는 형태는 절대적 갑이라는 것이 없기 때문에 자신들이 힘을 쓰기에 한계가 있는 데다가 그 내부에서도 그런 녀석들이 끼리끼리 뭉쳐서 세력을 만들고 있다는 것이 문제였다.

"도리어 이제는 그런 놈들이 더욱 세력을 늘리려고 하고 있습니다."

"세력을 늘린다?"

"네, 멀쩡한 기업을 포섭하는 거죠."

이쪽은 더럽게 해서 돈을 벌면 기회를 빼앗기는 것은 당연히 투명하게 운영하는 쪽이다.

'썩은 사과 이론이구만.'

썩은 사과 이론이란 썩은 사과가 주변의 사과를 오염시켜서 멀쩡한 것마저도 썩게 만든다는 것이다.

'이래서 빨리빨리 솎아 내야 하는데.'

그러지 않으면 다 썩게 만드니까.

대표적인 예가 바로 학교 폭력이다.

사람들이 갱생이니 어쩌니 하면서 학교 폭력 학생을 그 자리에 그냥 두고 다시 기회를 주자고 한다. 그런데 그런 녀석들은 갱생의 여지가 있긴 하지만 문제는 그들이 그렇게 갱생하는 동안에도 평범한 아이들이 고통받는다는 것이다. 다음 날 짠 하고 좋은 놈이 되는 게 아니니까.

'이럴 때는 격리가 최고인데.'

그럴 때 최고로 좋은 방법은 어디에다가 격리 학교를 만들어서 강제로 전학을 시키는 것이다. 아니면 최소한 격리 학급을 만들든가. 그러지 않으면 한 명을 갱생시키는 동안 서너 명이 타락하는 거다.

'이것도 마찬가지야.'

한꺼번에 정리하지 않으면 계속 성 상납을 하는 녀석이 있을 수밖에 없다. 그리고 방송 쪽 인간들이든 다른 쪽 인간들

이든 성 상납을 하는 녀석들에게 더 기회를 주려고 할 것이
다. 자신에게 콩고물에 떨어지는 쪽은 그쪽이니까.

"아무래도 이쪽을 너무 신경을 쓰지 않은 모양이군요."

"이쪽 일에 나서실 생각입니까?"

남석우의 얼굴에 화색이 돌았다. 안 그래도 자신들의 힘으
로는 도무지 방법이 없어 보이는 상황이었다.

"네, 말로 안 되면 몽둥이가 약인 법이니까요."

그리고 노형진은 기꺼이 몽둥이가 될 자신이 있었다.

⚖️

"이 사람이 맞나요?"

"네."

김소라는 노형진을 도와서 이 일에 나서기로 했다. 그가
변호사는 아니지만 감정에 예민하고 프로파일러로서 재능이
필요한 데다가 결정적으로 뒤쪽으로 이런 일을 시도하는 녀
석의 정체부터 알아야 했기 때문이다.

"음……."

남석우는 심각한 얼굴로 김소라가 지명한 사진을 바라보
았다.

"맞네요. 세모의 신인입니다. 방송은 한두 번 정도 탄 상
태고 아직 터질 만한 기미는 안 보입니다."

"딱이군요."

방송에 나가면서 아직 인기는 없다. 연습생들은 방송에 나가면 바로 뜰 거라 생각하지만 그중에서도 뜨는 사람은 극히 드물다. 바로 그럴 때 마음이 다급해지는 것이다.

"이럴 때 성 상납을 요구하면 심하게 흔들리죠."

"왜 이런 아이를?"

"여러 가지 이유가 있지요."

남석우는 궁금해하는 김소라에게 잘 설명해 줬다.

"일단 방송에 두 번 정도 나가면 최소한 연예인이라는 타이틀은 얻은 셈이니까요."

아예 아무것도 모르는 아이들이나 무명인 아이들은 많다. 문제는 그런 애들은 상납해 봐야 크게 도움도 안 되거니와 상대방 측에서도 무명이라고 무시하는 경향이 있다는 것이다.

그러나 방송에 한두 번 정도 나간 애들에게 성 상납을 요구하면 요구받은 쪽도 다급한 느낌이 들고, 상납받은 쪽도 그래도 연예인을 만난다는 일종의 몹쓸 성취감을 느끼게 된다.

"그리고 우리 쪽 문제도 있습니다."

"우리 쪽?"

남석우에 말에 노형진은 계약서를 꺼내 들었다.

"제가 이 조합을 만들 때 달았던 조건 중 하나가 통일된 계약서에 관련된 내용이었거든요."

"그래요? 그게 이건가요?"

그걸 받아서 보던 김소라는 고개를 갸웃했다.

"이상하군요."

"네?"

"여기 보면 분명 성 상납을 비롯한 불법적 행위는 금지한다고 되어 있잖아요."

"그렇지요."

노형진은 처음부터 그 부분을 감안했다.

사실 그걸 안 할 수가 없는 상황이었다. 그런 만큼 성 상납부터 뇌물까지 모든 불법행위에 대한 금지를 못을 박아 버렸다.

"그래서 그런 아이들을 이용하는 겁니다. 일단 이쪽에서 데뷔했으니 그 상황에서 그 애들은 다른 곳으로 못 가니까요."

"아!"

"일종의 방송계의 불문율이 있습니다."

데뷔한 사람이 문제를 일으키고 다른 곳으로 가게 되면 방송에 출연하지 못한다. 그건 자기들끼리의 불문율이다. 법으로 제한하지는 않지만 일종의 인맥을 이용한 처벌이랄까?

"그런데 일단 방송에 출연하면 잘못하면 그런 불문율에 걸리는 셈이지요."

남석우는 한심스럽다는 듯 고개를 흔들면서 말했다.

"연습생은 아예 데뷔도 안 했습니다. 만일 연습생 시절에 이런 일이 터지면 그 아이들은 조합에 말하고 조합에 소속된 다른 소속사에 들어가든가 아니면 아예 방송계를 떠날 수 있지요. 하지만 막 방송에 나가고 공연하러 다니면서 조금씩 인기 맛을 보는 아이들은 그게 안 돼요. 그랬다가는 상대방도 몰락하지만 자신 역시 몰락한다는 것을 아니까요."

"하지만 계약서가 있잖아요."

"아마 이면 계약이 있을 겁니다."

노형진은 당연하다는 듯 중얼거렸다.

"이면 계약?"

"네."

자신들과 하지 않고 다른 쪽을 불법적인 계약을 맺은 것이 분명히 있을 것이 틀림없다. 그렇지 않다면 이렇게 대놓고 자신들의 표준 계약서를 무시할 리 없다.

"이 표준 계약서를 안 지킨다고 해도 처벌 규정은 없습니다. 권고 사항이지요."

하지만 이면 계약서 내부에는 분명 연예인에 대해서 온갖 징벌적인 내용이 가득 차 있을 것이다.

"그럼 어쩌실 거예요? 다짜고짜 화낸다고 해결될 상황은 아닌 것 같은데."

"글쎄요……."

노형진은 조용히 자신이 만든 계약서를 바라보았다.

'연습실이나 녹음실 사용에 불이익을 주는 건 사실 의미가 없단 말이지.'

일단 방송에 나가기 시작하는 정도가 되면 따로 시설을 얻어야 한다.

더군다나 지금처럼 성공할 수 있는 가능성이 조금씩 보이고 행사도 잡히기 시작하면 수익이 나기 시작하니 더더욱 그렇다. 만일 그런 곳에 불이익을 주면 그 불이익을 받는 것은 그 기획사가 아니라 그곳에 소속된 연습생이 될 가능성이 높다.

'그렇다고 이중 계약을 따질 수도 없고.'

일단 이중 계약은 당사자 문제다. 자신들은 철저하게 제3자다. 항의 정도는 할 수 있겠지만 그걸 가지고 따지기에는 한계가 있다. 표준 계약서는 의무 사항이기는 하지만 처벌 조항이 없기 때문이다.

"일단은 그 가수랑 이야기를 해 봐야겠네요."

김소라와 남석우는 고개를 끄덕거리면서 노형진의 의견에 수긍했다.

"안녕하세요."

한미래는 노형진이 불렀다는 말에 깜짝 놀랐다.

이곳에 있는 사람들은 이 뒤에 누가 있는지 알고 있다. 노형진이 드러나지 않았을 뿐, 실세라는 것도 알고 있었다. 그런데 그런 그가 부른 것이다.

"한미래 양, 앉으세요."

"네."

사무실로 불려 온 한미래는 불안한 듯 눈을 데굴데굴 굴렸다.

'한 소리 듣고 왔구만.'

소속사에서 이상하게 생각하지 않을 리 없다. 지금까지 노형진이 개인적으로 만난 사람들은 아무도 없었으니까. 그러니 가면 입조심하라고 분명 입단속을 시켰을 것이 뻔했다.

'이거, 연기 쪽으로는 나가기 힘들겠는데.'

눈을 데굴데굴 굴리는 그녀를 보고는 노형진은 갑자기 피식 웃었다.

"왜 그러세요?"

"아닙니다. 그냥 재미있는 일이 생각나서요. 차 한잔하시겠습니까?"

"네, 주시면 감사하죠."

노형진은 차를 한 잔 주면서 그녀의 눈치를 살폈다.

'그냥은 안 되겠어.'

단도직입적으로 말하면 모른다고 딱 잡아뗄 가능성이 높아 보였다. 그럴 수밖에 없다. 소속사는 모르지만 아직 그녀는 협회의 힘이 필요한 시점이니까. 그리고 자신이 사실을 말하면 소속사가 퇴출당할 테고, 그러면 자신의 연예인 생활도 끝이라는 것도 알고 있다.

"그런데 어쩐 일로?"

"음……."

노형진은 잠깐 고민하다가 씩 웃었다.

'그래, 저쪽에서 불법적으로 놀겠다는데 나도 뒤에서 장난질하지 말라는 법은 없지.'

처음에는 정공법으로 나가려고 했지만 저쪽에서 이렇게 경계한다면 정공법으로 나가 봐야 쓸데없는 분란만 생길 것이다.

"그냥 한미래 씨에게 관심이 있어서요."

"저한테요?"

순간 흠칫한 얼굴이 되는 한미래.

노형진은 슬쩍 눈치를 보더니 일어나서 문으로 다가가서 문을 잠갔다. 그리고 그걸 본 한미래는 더욱 눈빛이 떨리기 시작했다. 안 그래도 요즘 벌어지는 일이 벅찬데 노형진까지 그러면 빼도 박도 못하는 상황이 되기 때문이다.

하지만 노형진은 그녀가 생각하는 식으로 나갈 생각이 없었다.

"문을 잠그는 건 보안 때문에 하는 거니까 걱정하지 마세요. 그런 쪽에 관심이 있는 거 아니니까."

"그럼?"

"혹시 소속사 바꿀 생각 없습니까?"

"소속사요?"

"네."

"어디로요?"

"대룡엔터테인먼트요."

한미래는 숨이 턱 막혔다.

자신이 있는 세모와 대룡은 비교도 할 수 없을 정도로 규모에 차이가 나는 곳이다. 세모엔터테인먼트는 자산이 없기에 대룡이 만든 엔터테인먼트 협동조합에서 연습실과 녹음실을 빌려주지 않았다면 제대로 연습하기 힘든 게 현실인 데에 반해 대룡은 자신들만의 건물이 따로 있을 정도로 부유하다. 당연히 소속 가수에 대한 지원도 전혀 다르다.

"하…… 하지만…… ."

"물론 이쪽에 상도덕이 그런 건 아니라고 하기는 하더군요. 그렇지만 크게 성공할 수 있는 가수가 작은 곳에서 제대로 성공하지 못하는 것도 좋은 상황은 아니잖습니까?"

"그거야 그런데…… ."

"그러니까 우리 쪽으로 오세요. 아시겠지만 이런 경우는 저희가 협상을 통해서 트레이드 비용을 소속사에 주고 데려올 수 있습니다. 표준 계약서 보셨지요?"

노형진은 미리 준비된 표준 계약서를 내밀면서 물었다.

이 계약서에 따르면 이런 경우 당사자의 동의가 있으면 두 회사가 협상해서 트레이드가 가능하다고 되어 있다.

"자, 그럼 어떻게 하시겠습니까?"

사실 처음에 그녀를 부른 것은 단도직입적으로 이면 계약에 대해서 물어보려고 한 것이었다. 하지만 상황을 보아하니 그녀가 이면 계약에 대해서 인정할 것 같지 않았다. 그렇게 되면 자신도 피해를 보니까.

'하지만 자신에게 이익이 된다면 다르지.'

자신에게 이익이 된다면 사람은 쉽게 흔들린다. 하물며 세모 같은 작은 곳이 아닌 대룡같이 큰 곳으로 갈 수 있다면 더더욱 고민하게 된다.

'이면 계약이 없다면 모르지만 있다면 문제가 되니까.'

이면 계약이 없다면 그녀가 지금 자리에서 동의할 것이다. 그 후에는 자연스럽게 협상하면 된다. 하지만 이면 계약이 있다면 그녀는 자신들에게 말하지 않을 수가 없다.

'뭐, 우리 쪽에 데려와도 나쁜 건 아니니까.'

설사 그럴 가치가 없다고 판단해도 협상이 결렬되었다고 하면 그만이다.

"어쩔 겁니까?"

한미래는 어쩔 줄 몰라 하는 눈치였다.

사실을 말하자니 불이익이 두렵고, 포기하자니 다른 곳도 아닌 대룡엔터테인먼트다.

현재 기획사 중에서 가장 큰 곳이며 가장 큰 힘을 가지고 있는 곳.

자신을 확실하게 케어해 줄 수 있는 곳.

"조금…… 생각해 보면 안 될까요?"

"그러세요."

노형진은 순순히 고개를 끄덕거렸다.

"언제든 오십시오. 좋은 결정을 하시기 바랍니다. 만일 생각이 있으면 언제든 이 번호로 연락 주세요."

노형진은 그녀에게 자신의 명함을 주면서 빙긋 웃었다. 하지만 그 이후의 일은 이미 예상하고 있었다.

⚖️

"죄송한데 만나 뵐 수 있을까요?"

사흘 뒤, 노형진이 일하는 와중에 온 한 통의 전화.

"그러시지요. 제가 어디로 갈까요?"

"제가 광주에 있어요. 혹시 광주로 오실 수 있어요?"

"광주? 전라도 광주 말입니까?"

"네. 제 고향인데 여기에 행사가 있어서 왔다가 본가에 잠깐 들른다고 했거든요."

노형진은 대충 상황을 알 것 같았다.

이면 계약을 한 거면 엄청나게 감시할 것이다. 그렇다면 서울에서는 당연히 이야기하기 힘들다.

하지만 고향이 광주이고 마침 공연이 광주에 있으며 다음 날 스케줄이 없다면 하루 정도 본가에서 자는 것은 흔히 있는 일이다.

"매니저는요?"

"근처 호텔에서 잔다고 했어요."

"알겠습니다."

노형진은 바로 전화를 끊고는 자리에서 일어났다. 그리고 바로 광주에 있는 그녀의 본가로 향했다.

딩동.

문에 달린 벨을 누르자 빼꼼하게 고개를 내미는 남자.

"한미래 씨 연락을 받고 왔습니다만?"

"혹시 노형진 사장님?"

"네."

"안으로 들어오세요. 뒤에 누구는 없죠?"

"없습니다."

남자는 사전에 무슨 이야기를 들었는지 걱정스럽게 뒤를 보면서 노형진을 안으로 들여보냈다.

'사정을 말한 모양이군.'

아마도 그녀는 가족들에게 사정을 말하고 고민을 털어놨을 것이다. 그리고 가족들의 입장에서는 당연히 노형진 편을 들어 줄 수밖에 없고 말이다.

"동생이 기다리고 있습니다."

"오라버님 되시나 보군요."

"네."

노형진이 안으로 들어가자 모여 있는 사람들.

그런데 그들의 표정은 하나같이 좋지 않았다.

'도대체 어떻기에?'

자신이 온 것이 반갑지 않아서 그런 것은 아닐 테고 분명이면 계약서상의 문제 때문에 저런 표정을 지었을 가능성이 높다.

"오셨어요?"

"반갑습니다. 노형진이라고 합니다."

간단한 인사를 끝내고 나자 한미래는 노형진에게 다가왔다.

"둘이서 조용히 이야기하고 싶은데요."

"그러시지요."

노형진은 무슨 이야기를 하려는지 알고는 그녀를 따라서 큰 방으로 들어갔다. 그리고 큰 방에서 자리에 앉자마자 그녀가 천천히 입을 열었다.

"저기…… 사실은 노 변호사님한테 말씀드릴 게 있어요."

"이면 계약서 문제 때문에 그러신가 보군요."

"그걸 어떻게……?"

"전 변호사입니다. 사람들의 행동을 보면 많은 걸 알게 되지요."

한미래는 잠시 침묵을 지키다가 한숨을 쉬면서 고개를 끄덕거렸다. 어차피 이야기하러 불렀다. 노형진이 대충 예상하고 있다고 해도 바뀌는 것은 없다.

"네, 맞아요. 전 현재 이면 계약서에 묶여 있는 상태예요. 그래서 움직일 수가 없어요."

"그런데 절 부르신 건?"

"노형진 사장님이라면 방법을 알려 주실 것 같아서요."

"저라면요?"

"네, 변호사로 유명하시잖아요."

"그다지 좋은 내용은 아닌가 보군요."

단순한 내용이라면 이렇게 분위기가 나쁠 리 없다. 무척이나 조건이 나쁘기 때문에 저들로서는 분위기가 이렇게 안 좋을 수밖에 없었다.

"솔직히…… 아주 안 좋아요."

"그거 볼 수 있을까요?"

"하아."

한미래는 고개를 끄덕거리면서 안으로 들어가서 자신이 가지고 온 계약서를 가지고 왔다. 그리고 그걸 노형진에게 넘겼다.

"이게 그 계약서예요."

"이건가요?"

노형진이 손을 내밀자 그 계약서를 건네는 그녀의 손길이 파르르 떨렸다. 이걸 건네주는 순간 모든 것은 더 이상 돌이킬 수 없게 된다는 것을 알고 있었기 때문이다.

"걱정하지 않으셔도 됩니다."

"네……."

노형진이 안심시키고 나서야 그걸 완전히 건네주는 한미래.

그걸 받아서 살펴보던 노형진의 입에서 절로 욕설이 튀어
나왔다.

"이런 미친……."

그들의 행동에 노형진은 분노가 치밀어 오르기 시작했다.

덕질의 끝판왕

"이게 연예인 계약서라고요?"

"네."

"노예 계약서가 아니고요?"

"맞습니다."

"이런 걸 계약하다니 바보 아니에요?"

"하아."

계약서를 한마디로 표현하자면 딱 이랬다. 넌 지금부터 내 노예니까 내 말을 들어야 한다.

"이게 말이나 되나?"

"됩니다. 아직 우리나라는 공식적으로 이런 걸 관리하는 단체가 없으니까요."

이 노예 계약은 몇 년간 문제가 되고 나서야 제대로 고쳐진다. 그리고 아직은 그 문제가 해결되지 않은 상태.

"전속 기간이 20년에 3집까지는 수익을 줄 필요가 없으며 홍보를 위해서 필요하다고 하는 모든 것을 기획사는 가수에게 요구할 수 있고 가수는 그걸 거절할 권한이 없다?"

물론 이 홍보를 위한 모든 것에는 당연히 성 상납도 포함될 것이다.

"그리고 자신들이 주는 돈은 모두 반환해야 한다?"

노형진은 가수들이 언제까지는 돈 한 푼 받지 못한다는 것을 안다. 그것도 말로는 그 수익을 보전해야 한다고 할 뿐, 실제로는 가수가 총수입을 알지 못하는 관계로 돈을 주지 않는 도구로 이용된다는 것을 알기 때문에 표준 계약서상에 행사비나 출연료의 5%는 무조건 지급하도록 되어 있다.

사실 5%라고 해도 많은 건 아니다. 일반적으로 행사비가 400만 원이라고 하면 20만 원 정도밖에 되지 않는다.

"그마저도 털어 가다니, 허……. 기가 막히는구만."

그런데 계약서에 따르면 그렇게 입금된 돈은 전액 현금으로 찾아서 반납하도록 되어 있었다.

"바보 아닌가요? 돕고 싶은 마음이 싹 가시네요."

김소라는 기가 막힌 듯 혀를 끌끌 찼다.

"문제는 이게 현실이라는 겁니다."

"현실?"

"네, 일반적으로 이런 계약이 보통이죠. 그렇다 보니 대부분 어쩔 수 없이 합니다."

"하지만 노 변호사님이 표준 계약서를 만드셨잖아요?"

"표준 계약서는 말 그대로 표준일 뿐입니다. 그걸 지키라는 법은 없지요."

"음……."

결과적으로 노형진은 성화에게 한 방 먹일 겸 청년들에게 기회도 줄 겸해서 엔터테인먼트 사업을 시작한 것인데 어느 사이엔가 자신들이 하는 모든 일이 사기꾼에 가까운 기업들을 살찌우는 일로 되어 있었던 것이다.

'인간이란…… 참…….'

왠지 씁쓸해지는 상황이었다.

"어쩔 건가? 이걸 가지고 소송해서 빼내 올 건가? 확실히 가능하기는 하겠지. 표준 계약서에 계약하고 난 후에 다시 이중 계약서를 썼으니 말이야."

"글쎄요……. 이길 수 있는지는 모르겠습니다. 민법상 계약은 당사자들이 나중에 계약한 것을 정본으로 봅니다. 이런 상황은 명백하게 우리를 속이기는 했습니다만 두 당사자 간에는 나중에 갱신한 계약서가 효력을 발휘하지요."

"음……."

송정하는 고개를 끄덕거렸다.

"그리고 이긴다고 해도 상처뿐인 승리가 될 겁니다."

"그렇겠지."

이기게 된다고 해도 그녀를 데려와서 다시 방송에 출연시키는 것은 쉬운 일이 아닐 것이다. 나름의 카르텔을 건드린 셈이 되니까.

게다가 한 명을 데려오기 위해서 소송까지 불사한다는 것은 애써 만든 협동조합이 흔들릴 구실이 된다. 안 그래도 세모를 비롯한 썩은 사과 같은 기업들이 내부에서 권력을 차지하려고 암약하는 상황인데 말이다.

"만일 그렇게 된다면 성화한테 좋은 꼴이 되겠지요."

"그렇겠지."

성화는 노형진이 만든 협동조합에 대항하기 위해서 엔터테인먼트 동맹이라는 것을 만들었다. 하지만 황급하게 만드느라고 제대로 된 시스템도 없는 데다가 대룡처럼 권력을 내려놓으려고 하지 않았기 때문에 극히 일부를 제외하고는 속한 기업이 없었다.

"하지만 협동조합이 흔들리게 되면 그쪽으로 가는 인원도 생길 겁니다. 어찌 되었건 대기업 아래에서 있는 것이 훨씬 안전하다는 것을 느꼈을 테니까요."

"흠……."

"결과적으로 내분 없이 이 문제를 해결해야 합니다."

"하지만 무슨 수로? 소송으로 해도 이건 힘든 싸움이야. 상대방이 1심 만에 물러날 리도 없고."

"흠…… 문제군요."

물론 소송해도 이길 수는 있다. 노형진이라면 이긴다. 문
제는 이런 회사가 한두 개가 아니라는 거다. 결과적으로 그
들을 퇴출시키기 위해 소송하면 그들은 살기 위해서 성화로
넘어갈 테니 성화에서는 그동안 대룡에 꽉 잡고 있던 엔터테
인먼트 쪽을 공략할 기회를 얻게 된다.

"방법이 없는 건가요?"

김소라도 곤란한 얼굴로 계약서를 바라보았다.

이런 터무니없는 계약서를 가지고 있음에도 불구하고 제대
로 싸울 방법이 없다는 것이 그녀로서는 이해가 가지 않았다.

"방법이 없는 건 아닙니다."

"그래?"

"하지만 그걸 하기 위해서는 대룡의 도움이 필요하겠네요."

"대룡의 도움?"

"네, 어차피 그쪽에서도 책임져야 하는 일이니까요."

노형진은 이참에 대룡에도 그 책임을 확실하게 물을 생각
이었다.

⚖️

"뭐, 알고는 있었네."

노형진의 말에 유민택 회장은 시큰둥하게 말했다.

"사실 우리 쪽에서 성 상납하려는 정황이 포착되기는 했지."

"대룡에도요?"

"어찌 되었건 현재 조합에서 가장 큰 권력을 가진 쪽은 우리 대룡이 아닌가."

노형진은 얼굴을 찌푸렸다.

"그런데 왜 저한테 말씀 안 하셨습니까?"

"해 봐야 별 도움이 안 되니까."

"도움이 안 된다니요? 제가 이번 사건에 도움이 안 될 거란 말씀이십니까?"

"아니, 반대일세. 이번 일을 해결하는 데 자네가 들어가면 아무래도 자네 시간이 줄어들지 않나. 우리로서는 그다지 반가운 일이 아니지."

노형진은 기가 막혔지만 한편으로는 이해가 가기도 했다.

'결국 대룡도 기업이기는 하지.'

아무리 노형진이 설득하고 유민택이 죽다 살아난 후 깨달음을 얻어서 바르게 운영한다고 해도 이윤을 추구하는 본성을 어쩔 수는 없다.

엔터테인먼트에서 돈이 들어는 것은 적은 것이 아니기는 하지만 그렇다고 많은 것도 아니기 때문에 차라리 큰 건을 하는 노형진의 시간을 빼앗지 않는 것이 더 나은 거라고 판단한 것이다.

"자네가 알면 분명 해결하려고 들 테니까."

노형진은 왠지 씁쓸해졌다. 너무나 당연한 말인데 그게 왜 그렇게 씁쓸한 건지 모를 일이었다.

"뭐 성 접대받아서 그런 건 아니고요?"

"성 접대? 내 나이가 되면 서지도 않아. 선다고 해도 나이 먹고 그렇게 어린애들을 품고 싶은 생각은 없네. 내 나이 때는 약 잘못 먹고 그 짓 하면 복상사로 죽기 딱 좋거든."

틀린 말은 아니기에 노형진은 그냥 넘어가기로 했다.

"뭐, 틀린 말씀은 아닙니다. 그리고 제가 해결하려고 한다는 것도 틀린 말은 아니죠."

"그래서 어쩔 건가? 소송할 건가?"

"글쎄요. 소송할까요?"

"좋은 생각이기는 한데 무슨 일이 벌어질지는 알지?"

"알죠."

"그래서 난 반대하네."

아마도 사전에 알았으니 노형진에게 말하지 않았다고 해도 법무 팀에게 소송 가능성을 타진했을 것이다. 그러나 그런 경우, 재수 없으면 성화의 세력이 커질 거라는 결론이 나왔을 테니 모른 척 넘어갔을 것이다.

"저도 그럴 생각은 없습니다."

"그래? 그럼 방법이 있는 건가?"

"네."

사실 노형진은 다른 이유에서 반대였다.

엄밀하게 말하면 그에게는 성화의 세력이 커지는 건 문제가 안 된다. 자신과 성화가 사이가 안 좋기는 하지만 그건 어디까지나 공적인 영역이니까.

'하지만 사적인 부분도 놓칠 수 없지.'

노형진은 그 많은 가수들에게서 빛을 봤다.

자신의 모든 것을 걸고 청춘을 불태우는 그 모습.

그 모습은 노형진이 가지지 못한 왠지 부러운 장면이었고, 어쩌면 그 때문에 그 덕질이라는 것도 하게 되었는지도 몰랐다.

"전에도 말씀드렸다시피 변호사의 일은 소송만 있는 건 아닙니다. 법적으로 뭔가를 해결해야 한다면 다 나서는 것이 변호사지요."

"그래서 어떤 식으로 저들을 막을 건가?"

"우리에게는 절대적인 아군이 있으니까요."

"절대적 아군?"

"네."

노형진의 말에 유민택은 고개를 갸웃했다. 연예계에 절대적 아군이 있다는 말은 처음 들어 봤기 때문이다.

"그래서 그 아군이 누군데?"

"뭐, 그건 보시면 압니다."

"그런가? 그런데 날 찾아온 걸 보면 그 아군의 힘을 이용하기 위해서는 뭔가가 필요하다는 뜻이군."

"그렇습니다."

"나한테 필요하다는 건……."

"이거지요."

노형진은 손을 들어서 슥슥 손가락을 문질렀다. 엄지와 검지를 서로 문지르는 그 행동이 뜻하는 것은 단 하나뿐이었다.

"돈인가?"

"네."

"기가 막히는군. 솔직히 현금으로 치면 자네가 나보다 더 많다는 생각은 있는 건가?"

"그건 제 돈이고, 이건 사적인 일이 아니라 공적인 일입니다. 그리고 이번 일을 키우신 것은 유민택 회장님 아니십니까? 초장에 뿌리를 뽑았다면 제가 나설 이유도 없었지요."

유민택은 씁쓸하게 웃었다.

"벌금이다 이건가?"

"벌금은 아닙니다. 확실하게 수익은 돌려 드립니다. 다만 그 수익률은 낮을 수밖에 없겠네요."

"끄응……."

노형진의 말에 유민택은 신음 소리를 낼 수밖에 없었다.

⚖️

"뭐라고요?"

조합의 사람들은 웅성거리면서 서로를 바라보기 시작했

다. 지금까지 본 적이 없는 파격적인 계획이 대룡에게서 발표되었기 때문이다.

"지금 그걸 말이라고 하십니까?"

"말이 아닙니다. 솔직히 우리나라 팬덤 문화는 극도로 이상합니다. 극단적 증오 범죄를 야기하기도 하고 때로는 패싸움을 야기하기도 하지요. 왜 그럴까요? 적절한 통제 장치가 없기 때문입니다. 우리나라의 팬덤 문화는 좀 더 바른 쪽으로 발전해야 한다고 생각합니다."

노형진의 계획은 얼핏 보면 터무니없었다. 하지만 생각해 보면 무척이나 효율적인 방법이기도 했다.

"그래서 공식 팬클럽을 만들고 그곳을 사단법인화시킨다고요?"

"네, 못할 건 뭡니까?"

"그게 말이 됩니까?"

"아니, 어떤 면에서 말이 안 됩니까?"

"그거야……."

말하려던 사람들은 아무런 말도 하지 못했다.

'그렇지 그럴 거야.'

팬클럽이 사단법인화되어서 손해 보는 것은 없다. 그렇게 되면 팬들이 안정적으로 관리되어 오래도록 떠나지 않는다는 것을 뜻하니까.

"하지만 그 운영비요? 솔직히 그 돈을 대룡에서 내줄 건 아니잖습니까?"

"그건 그렇지요."

"그럼 그 돈은 누가 냅니까?"

"당연히 팬들이 냅니다."

"뭔 개소리야! 그걸 팬들이 왜 내!"

노형진에게 거칠게 항의하는 남자.

노형진은 그를 물끄러미 바라보았다.

'강간수 사장이로군.'

강간수 사장은 세모의 사장으로, 한미래에게 성 접대를 하라고 얼마 전부터 집요하게 요구하고 있는 사람이었다. 그 와중에 노형진과 한미래가 만났고 한미래가 어째서 만났는지 말해 주지 않고 있었기 때문에 노형진에게 무척이나 적대적으로 나오고 있었다.

"글쎄요. 다른 쪽으로 접근하면 되지요."

"다른 쪽?"

"조공이라고 아십니까?"

"조공이라면 모를 리 없지요."

"네, 조공 대신에 돈으로 받는 거죠."

"무슨 말도 안 되는……."

"나쁜 계획은 아닐 텐데요? 애초에 조공이라는 것은 대부분 쓸데없이 나가는 돈 아닌가요?"

"음……."

조공이란 팬들이 자신들이 좋아하는 연예인에게 선물하는 것을 말한다.

"그런데 이게 문제가 많죠."

대부분의 선물은 딱히 필요가 있는 게 아니다. 수백 개의 인형을 모두 연예인이 다 가질 수는 없으니까.

"그리고 아시다시피 조공이라는 것은 아무래도 경쟁이 붙기 마련이지요."

경쟁을 하게 되면 점점 가격이 올라가게 된다. 당연히 그 비용은 터무니없이 비싸진다.

"그걸 돈으로 달라고? 그건 너무한 거 아닌가? 우리가 거지야?"

강간수는 거칠게 항의했다. 그리고 대부분의 사람들이 동의했다.

"좋은 생각이기는 합니다만 사실 우리도 매달 들어오는 수백 개의 인형 때문에 골치 아프기는 했죠. 하지만 그렇다고 그걸 돈으로 받는 것은 아닌 듯합니다."

먼저 유명 가수를 배출해 낸 소속사의 사장은 걱정스러운 듯 말을 꺼냈다.

"우리 회사에 들어오는 인형의 수가 매달 백 개가 넘습니다. 처음에는 기부하기도 했지만 솔직히 인형이라는 것은 기부용으로 좋은 것은 아니죠. 보육원에서 인형만 가지고 놀 수 있는 것은 아니고 말이죠. 그래서 점점 쌓이기는 합니다.

그리고 가끔 진짜 비싼 명품이 들어오기도 하죠. 그럼 진짜 대책 없습니다. 이건 돌려줘야 하는 건지, 아니면 가져야 하는 건지. 확실히 조공이라는 것은 문화이기는 하지만 고쳐야 하는 문화이기도 하지요. 그런데 그렇다고 그걸 돈으로 달라고 한다는 것은…… 문제가 있지요. 팬들은 연예인을 우상으로 보지, 돈으로 살 수 있는 대상으로 보지 않으니까요."

선물을 주는 것은 자신의 마음에서 우러나서 하는 것이지만 그걸 돈으로 달라고 하는 것은 너무나 속이 뻔하게 보인다는 것이다.

'물론 나도 그걸 모를 리 없지.'

노형진이 그런 생각을 안 해 봤을 리 없다. 그럼에도 불구하고 이런 계획이 있다는 것은 전혀 다른 계획이 있기 때문이다.

"물론 그냥 돈을 입금해 달라고 하면 그건 속이 뻔하게 보이는 행동이지요. 까딱 잘못하면 돈독이 올랐다는 욕을 먹을 수도 있구요."

"그럼 우리가 왜 고민하는지 아시겠군요."

"네, 그래서 제가 다른 생각을 해 놨지요."

"다른 생각?"

"사단법인을 만드는 것은 단순히 그들을 관리하기 위해서가 아닙니다. 그들이 자신이 좋아하는 연예인의 주주로서 활동하게 하기 위한 것이지요?"

"주주?"

"주주라니?"

그들이 고개를 갸웃하자 노형진은 그 모습을 보며 피식 웃었다.

'자, 그럼 떡밥을 한번 던져 볼까? 후후후후.'

생소한 말에 어리둥절해하는 사람들에게 노형진은 말을 꺼냈다.

"연예인을 한다는 것은 돈이 든다는 뜻입니다. 전담 메이크업 아티스트도 있어야 하고 매니저도 있어야 하고 차량도 있어야 하지요. 그 모든 게 돈입니다. 뭐, 그걸 소속사에서 준비해 준다고 해도 그 사람들에 대한 임금이 문제지요."

"그건 그렇지요."

초기 비용이라고 할 수 있는 것도 중요하지만 임금도 적지 않게 들어가는 것이 현실이다.

당장 최소한 코디와 매니저는 있어야 한다. 최소 세 명이 움직이는 건데 그것도 결국은 돈을 줘야 일한다.

최초에는 대룡에서 미리 구성한 팀으로 일부 지원해 주지만 어느 정도 알려지면 개인 팀을 구성하는 것이 규칙인데, 알려진다는 것과 돈이 된다는 것은 전혀 다른 문제다. 활동이 많아질수록 돈도 많이 벌지만 유지비도 많이 드니까.

"사단법인의 주요 목적은 그 임금을 지급하는 데 있습니다."

"임금을 지급한다?"

"네, 정확하게는 후원회죠."

"후원회."

"그들은 연예 기획사가 아닙니다. 재단법인이 아니라 사단법인이라 영리 목적을 가지고 접근하지도 못합니다. 그들은 후원은 할 수 있을지언정 가수에 대한 통제권을 가질 수는 없거든요."

"오오."

노형진이 던진 떡밥에 솔깃한 얼굴이 되는 사람들.

"그들은 귀찮은 업무를 대신해 줄 겁니다. 공식 굿즈의 판매나 발행이나 팬클럽 관리 등을 해 줄 겁니다. 확실히 인건비가 줄어들겠지요."

"흠……."

돈 이야기가 나오자 눈이 번뜩이는 인간들.

노형진은 얼마 전에 남석우가 했던 말이 생각났다.

'이 바닥에 있는 놈들의 60%는 생 양아치라고 하던가?'

연예계라는 것이 화려하고 보기는 좋은 곳이다. 문제는 그걸 노리고 들어오는 사기꾼들도 많다는 것.

제대로 된 검증 시스템이 없는 상황에서 아직까지 그런 놈들을 걸러 낼 방법이 없었던 것이다.

'이번에는 내가 실수한 게 맞아.'

자신은 그들이 스스로 바뀌고 올바르게 성장하기를 바라서 이 협동조합을 만들었다. 그런데 기존에 있었던 자들 중에서 썩은 사과를 골라내지 않은 것이 실수였다. 그 때문에 도리어 다른 사람들까지 썩게 만든 것이다.

"굿즈는 우리 주요 수입원이다! 그걸 왜 넘겨?"

강간수는 거칠게 항의했다.

노형진은 그를 보면서 얼굴을 찌푸렸다.

'아까부터 반말이네. 아주 막 나가자 이거구만.'

그는 협회에 대해 아무런 힘이 없다. 엄밀하게 말하면 협회의 조언을 해 주는 변호사일 뿐, 협회 소속도 아니다.

"그렇기는 하죠. 그런데 굿즈 만들어서 수익 좀 보신 분?"

노형진은 아주 정곡을 찌르면서 물어봤다. 그리고 다들 침묵을 지켰다.

'현실은 이런 거지.'

굿즈란 일종의 브랜드 상품이다.

가령 A라는 가수가 굿즈를 만들면 그 팬들은 그걸 산다.

사실 굿즈는 기존에 있던 동일한 상품보다 더 비쌀 수밖에 없다. 그게 단순 상품으로서는 효용도 떨어지는 데다가 성능이 그다지 뛰어난 것도 아니니까.

그럼에도 판매되는 것은 그걸 팔아서 운영하는 데에 쓰기 때문이다.

'문제는 돈이지.'

굿즈를 만드는 데는 돈이 들어간다. 그런데 어지간한 팬덤의 규모를 가지고 있지 않으면 그 돈을 뽑을 수가 없다.

그럴 수밖에 없는 게 현대는 무조건 대량생산 체제이기 때문이다. 절대로 수십 개 단위로 만들지 않는다. 기본적으로 채산성을 맞추려면 최소 천 개는 넘어야 하는 데다 일반적으로는 수천 개 단위다. 당연히 어지간한 팬덤이 아니고서는 소비하기도 힘든 게 현실이다.

'하지만 그 정도 팬덤을 가진 가수들은 거의 없지. 후후후, 이거 생각보다 괜찮은데? 역시 덕질도 하고 볼 일이야.'

노형진이 덕질을 하면서 배운 것들이 많은 도움이 되고 있었다.

'기가 막혀서 말이 안 나와, 하여간.'

심지어 가끔 어떤 덕들은 저런 사장들보다 훨씬 넓은 식견을 가지고 있기도 한다.

사실 그게 정상일 수도 있다. 저들은 그저 돈 때문에 하는 거지만 덕들은 좋아서 하는 것이니까.

"하지만 우리가 그런 협회를 만들면 협회 차원에 대단위 생산이 가능합니다. 기본적인 물품을 만들고 그 후에 이미지를 덧씌우는 건 어려운 게 아니지요. 즉, 원한다면 백 개 단위의 굿즈도 생산이 가능합니다. 관련 계약이 크게 되어 있으니까요."

"오오."

눈이 커지는 사람들.

"그에 반해서 소속사는 상품의 생산 비용이 없이 그 가수라는 브랜드를 빌려주고 돈을 받는 형태가 되죠. 수익은 좀 줄겠지만 위험부담은 현저하게 줄어들게 됩니다."

"하지만 주주라는 것이……."

"아까도 말씀드렸다시피 그 주주라는 것은 기본적으로 기업이 아닌 가수에 대한 주주입니다. 회사의 수익을 가지고 가지는 못합니다."

"흠."

"일종의 상징적인 거죠. 주주로서 어느 정도 권한은 있지만 그건 수익적인 부분이 아닌 상징적인 거구요."

"호오"

"음……."

'물었구나.'

노형진은 슬슬 넘어오는 그들을 미소를 지으며 바라보았다.

"그래서 우리와 함께 일하고 싶다고요?"

노형진은 다음에 접촉한 사람들은 덕들 중에서 잔뼈가 굵다고 하는 사람들이었다. 즉, 각 팬클럽의 대표들이었다.

"우리가 왜 그런 일을 해야 하죠?"

30대 후반으로 보이는 여자는 불만스러운 얼굴로 먼저 말을 꺼냈다.

"우리는 단순히 팬으로서 가수를 좋아할 뿐이에요. 그런데 영업이니 어쩌니 하는 걸 왜 해야 하는 건지 모르겠습니다."

다른 남자 역시 불만으로 가득한 표정이었다.

"압니다. 여기 모인 분들은 순수한 팬심으로 모여서 가수를 도와주고 싶어 하신다는 걸요. 그런데 그게 제대로 안 되니까 문제인 거죠."

"뭐가 문제라는 거죠?"

"맞습니다. 우리의 마음이 곧 힘 아닌가요?"

나이 어려 보이는 아가씨의 말에 노형진은 피식 웃었다.

'아직 세상 물정 모르는구만.'

팬들의 마음이 곧 힘이기는 하다. 하지만 그건 말 그대로 심적인 것일 뿐, 물리적인 것이 아니다. 물리력이 없는 힘은 힘이라 할 수 없다.

"연예인들은 여러분들에게 사랑한다고 합니다."

"알죠."

"우리가 있으니 그들도 존재하는 거니까요. 사랑은 일방적인 겁니다. 물론 그들이 우리 전부 하나하나를 모르지만 우리의 사랑은 맹목적이죠. 그게 팬심 아닌가요? 애초에 세력을 만들어서 휘두르려고 하면 그건 사랑이 아닌 집착이죠."

그럴듯한 말을 하는 여자의 말에 수긍하면서 고개를 끄덕거리는 사람들.

'하아, 뭐 틀린 말은 아닌데.'

팬심이란 일방적인 것이다. 팬들이 가수에게 뭔가를 요구하게 된다면 그건 사랑이 아닌 집착이라는 것도 맞다.

하지만 저들은 한 가지를 간과하고 있다.

'이거, 아무래도 쇼크를 좀 줘야겠구만.'

덕질은 약간은 환상이다. 그리고 원래 연예계는 환상을 파는 직업이다. 당연히 저들은 환상을 보고 움직인다. 그러니 저런 소리가 나오는 것이다. 저들은 가수와 자신들 사이에 끼어 있는 기획사라는 존재를 애써 모른 척하는 것이다.

"저도 덕질 하는 놈입니다. 전 탑코어라는 가수들의 덕질을 하죠."

"탑코어? 신인이군요."

"네. 뭐, 덕질을 시작한 지 얼마 되지 않아서요. 하여간 그래서 여러분들의 마음을 다 알고 있습니다. 하지만 변호사로서 그런 마음에 얼마나 악용되는지도 알고 있지요."

"악용이라니요?"

"여러분의 사랑은 순수합니다. 그리고 연예인들은 그 순수함으로 성장하고 싶어 하지요. 하지만 그 중간에 낀 연예기획사들? 그들의 입장에서는 여러분들은 그냥 금전 출납기예요."

직설적인 말에 다들 얼굴을 찌푸렸다.

틀린 말은 아니다. 자신들도 어느 정도 알고는 있지만 모른 척하고 있었던 것이다.

"그건 덕질을 하면서 어느 정도 감안해야 하는 거 아닌가요?"

"맞아요. 사이에 누가 끼었다고 싫어하는 건 예의가 아니죠. 사실 우리가 좋아하는 연예인들이 나오기까지 들이는 노력도 무시할 건 아니니까요."

애써 담담하게 말하려고 하는 사람들.

하지만 노형진이 생각한 쇼크는 고작 그 정도가 아니었다.

"글쎄요. 그들의 노력과 그들의 착취는 다른 문제 아닌가 싶네요."

"그게 무슨 말인가요?"

"그들이 조직적 성 상납을 하려고 한다면 어쩌실 겁니까?"

"뭐라고요?"

"자신들이 돈을 벌기 위해서 여러분들이 그렇게 우상으로 삼는 연예인들을 위안부처럼 성 노예로 삼겠다는데 그걸 용납하시겠다는 건가요? 그게 여러분들의 팬심이신가요?"

"뭐라고요?"

"그 말 사과하세요!"

벌떡 일어나서 소리를 지르는 사람들.

하지만 노형진은 더욱 강하게 나갔다.

"그럼 여러분들은 연예계가 무척이나 투명하고 깨끗하고 밝다고 생각하십니까?"

"……."

누구도 말을 하지 못했다. 할 수가 없었다. 덕질을 한다는 것은 그 세계에 대해서 알아간다는 것이고 세상을 안다는 것은 결코 세상이 깨끗하지 않다는 것을 아는 것이니까.

그 순간 한쪽에 술집 한쪽에 있는 텔레비전에서 한 노인이 나와서 열변을 토하기 시작했다. 조용해진 사람들 사이로 그의 목소리만 울려 퍼지고 있었다. 그리고 그걸 본 노형진은 속으로 미소를 지었다.

"여러분들은 저 사람 아시죠?"

노형진이 손가락으로 가리키자 모두의 시선이 그쪽으로 향했다.

"저 사람은?"

"알죠."

알다 뿐이겠는가? 유명한 사람이다. 유명 정치인이며 작년에 성 상납 스캔들의 한복판에 섰던 사람.

"여러분들은 여러분이 좋아하는 가수가 저런 남자와 함께 밤을 지낸다면 어떤 기분이겠습니까?"

"그걸 말도 안 되는!"

"우리 미미 씨는 안 그래!"

"확신할 수 있어요? 스물네 시간 따라다닐 겁니까? 무슨 권한으로요?"

"……."

그럴 수가 없다. 자신들이 스물네 시간 감시하면 그건 팬이 아니라 스토커다.

"모르죠. 지금도 어디서 뭐 하고 있는지, 어떤 남자 아래에서 신음 소리를 내고 있는지."

"이 새끼가!"

결국 참지 못하고 노형진의 멱살을 잡아 올리는 남자.

'그래, 화를 내라.'

세상은 좋은 것만 있는 게 아니다. 때로는 분노하고 때로는 불타올라야 한다.

"여자 연예인만 성 상납이 있다고 생각하시는 건 아니죠? 남자라고 별반 다르지는 않을 것 같은데요?"

"보자 보자 하니까! 터진 입이라고 막 지껄이네요!"

노형진에게 화를 내는 사람들.

노형진은 이쯤에서 분위기를 반전시키기로 했다.

"전 터진 입이라고 막 지껄이는 것은 맞습니다. 그리고 현실을 가장 잘 알고 있지요. 그래서 그 현실을 고치겠다고 나서는 건데 현실은 모른 척하면서 시선을 돌리는 여러분은 그럼 뭡니까? 팬요? 무슨 팬이 그래요? 무슨 팬이 자신의 우상이 고통스러워하는데 그걸 모른 척합니까? 그거 종교로 보면 사이비 종교 아닌가요, 신을 팔아먹는?"

"……."

그들은 할 말이 없었다. 그들은 알고는 있지만 어찌할 수가 없었다. 지금까지의 시스템은 그렇게 되어 있었다.

"그래서 여러분들한테 기회를 주겠다는 건데, 그걸 고칠 수 있는 힘을 주겠다는 건데 그게 싫으시다면서요? 싫으면 나가세요. 당신들이 나가도 그 우상의 팬 중에는 여러 사람이 있기 마련이니까요."

몇몇 사람들의 시선이 미묘하게 변했다.

'그렇지. 여기라고 권력 관계가 없을 수가 없지.'

권력 관계라는 것은 어디에나 있다. 팬클럽이라고 없을 수는 없다. 특히 팬클럽 회장은 가수 쪽과 친밀해질 수밖에 없다.

'그런데 이 상황에서 자신을 빼면 어떻게 될까.'

결국은 노형진은 이 문제를 해결하기 위해서 다른 팬들과 접촉하게 될 테고 그렇게 된다면 그들이 전면에 나서면서 점차 자신의 권력은 그쪽으로 가게 된다. 팬들 역시 그쪽을 따라갈 것이다.

'그리고 가수 역시 그쪽으로 갈 수밖에 없지.'

상식적으로 자신이 성 상납으로 고통받고 있는 것을 알면서도 모른 척한 사람과 그걸 해결하기 위해서 나서는 사람 중 누구에게 마음이 갈지는 뻔한 일이다.

"나갈 분은 나가세요. 말리지 않습니다. 다만 다시는 팬이라는 이름 쓰지 마세요."

좌중에 흐르는 침묵. 그들은 결국 한숨을 쉬면서 노형진의 멱살을 내려놓고는 자신의 자리로 가서 앉을 수밖에 없었다.

"그래서 어쩌란 말입니까?"

"말 그대로입니다. 지금까지는 중구난방으로 되어 있던

팬클럽이라는 것을 하나로 묶어서 활동하는 거죠."

"그게 가능할 리 없잖아요? 팬클럽을 모조리 사단법인화한다는 게…….."

"모조리가 아닙니다. 우리가 만드는 것은 팬클럽협회입니다."

"팬클럽협회?"

"네, 가칭이죠."

노형진의 계획은 간단했다. 팬클럽을 하나로 묶어서 팬클럽협회를 만든다. 그리고 그걸 사단법인화한다. 그런 뒤 가수에 대한 지분을 지원하는 조건으로 여러 가지 굿즈 사업이나 관리에 도움을 준다.

"하지만 가수가 한두 명도 아니고…….."

"각 가수들은 팀별로 구분될 겁니다."

"팀별로요?"

"네, 새로운 가수가 생기면 새로운 팀이 생기는 거죠. 사실 팬들 역시 허공에 뜬 구심점보다는 확실하게 고정된 공식 팬클럽이 있으면 좋지 않습니까?"

"음…….."

확실히 그런 것은 있다. 가끔 연예인들 세계에서는 팬클럽 회장이라는 녀석이 조공을 바친답시고 돈을 모아서 횡령하거나 잠수 타는 일이 말이다. 그렇다 보니 팬클럽 활동이 무너지는 경우도 있고 제대로 통제되지 않는 극단적 팬들 때문에 도리어 일반인들은 그 가수를 싫어하게 되는 경우도 많다.

'빠가 까를 만든다는 말이 있지. 후후후.'

팬클럽 세계에서 통하는 현실을 비꼬는 말이다.

빠란 어떤 가수에게 절대적으로 충성하는 집단을 뜻한다. 문제는 그들이 그 사람을 위해서 주변에 폐를 끼친다는 것이다.

대표적인 예가 모 그룹의 팬들이 그들의 콘서트 티켓 구매 연습을 한다면서 모 가수의 콘서트 티켓을 구매한 일이다.

물론 인터넷으로 구매했지만 갈 생각이 없으니 결제하지 않았는데, 그로 인해서 정작 그 가수의 팬들이 티켓을 구하지 못하는 일이 벌어졌다. 당연히 그 사건으로 인해서 수많은 사람들이 그 그룹에 대한 까, 즉 안티로 돌변했다.

그런데 문제는 현실적으로 안티가 많은 가수는 오래갈 수가 없다는 것이다.

'그 때문에 인터넷 시스템이 많이 바뀌었지.'

전에는 인터넷 결제 시간이 넉넉했지만, 지금은 길어야 이틀 정도밖에 안 준다. 결제하지 않으면 바로 다른 사람이 구입할 수 있게 하기 위해서다.

"그런 걸 통제하기 위해서는 중심이 있어야 하지요. 하지만 지금은 공식이라는 것이 없습니다. 몇몇 곳은 공식 팬클럽을 운영하지만 지원은 전무하죠."

공식을 인정하지 않는 이유는 공식 팬클럽은 기업이 지원해 줘야 하는 것도 있지만 만을 그 안에서 문제가 생기면 가수나 소속사도 어느 정도는 책임져야 하기 때문이다. 공식이니까.

"하지만 운영비는요?"

"글쎄요. 팀별로 나누면 사무실 운영비는 얼마 안 나오죠."

기껏해야 팀별로 책상 네 개나 나올까? 그런 식으로 나눠서 한 층을 쓰면 한 팀당 사무실 운영비는 10만 원 미만이다.

물론 일하는 사람에게 임금을 줘야 하지만 팬클럽인 만큼 일하는 사람을 구하는 것은 어렵지 않을 것이다.

'만일 그 정도도 유지 못할 정도의 팬클럽이라면 사라지는 게 정상이고.'

"가수에 대한 지분이라……."

"물론 그게 가수의 수익을 어느 정도 가지고 온다거나 투자분에 대한 돈을 받는다는 개념은 아닙니다."

재단법인은 기본적으로 재산을 투자해서 그 재산에 인격권을 부여한다. 쉽게 말해서 장학금 재단 같은 곳이 재단법인이다. 장학금이 중심이며 사람은 그걸 운영할 뿐이다.

하지만 사단법인은 사람이 중심이며 재산은 그걸 운영하는 것 정도면 된다.

"어떻습니까?"

"하지만 운영 장소는 그걸 해 본 적이 없는데 그걸 쓰는 방식은요?"

"그 부분은 대룡에서 도와주기로 했습니다."

"대룡에서?"

"네."

사람들은 솔깃했다. 그렇다면 손해 볼 것이 없다. 어느 정도 돈을 내야 하기는 하지만 팬클럽이라고 하는 만큼 그 숫자는 적은 것이 아니니까.

물론 소규모도 있기는 하지만 그 경우는 연합해서 활동하면 된다.

"하실 생각 있습니까?"

사람들은 잠시 고민하다가 고개를 끄덕거렸다.

"네, 하겠습니다."

그렇게 한국 최초로 팬클럽 사단법인이 만들어 지기 시작했다.

팬을 위한 세레나데

"사단법인인 팬클럽협회의 발족을 축하하면서……."

사회자가 사회를 보는 것을 보면서 유민택은 입이 찢어지고 있었다. 노형진은 그걸 보면서 혀를 끌끌 찼다.

"좋습니까?"

"좋지. 안 그래도 골칫거리였거든."

지난번에 폐교를 구입해서 사무실과 연습실을 만드는 작전은 효과는 좋았지만 다른 문제가 있었다. 바로 대룡에서 이 방법을 쓰면 성화 역시 그걸 쓸 거라는 것이었다.

그걸 막기 위해서 대룡은 서울과 경기도권의 모든 폐교들을 싹쓸이해 버렸다. 몇몇 곳은 사용할 수 있는 곳으로 바꾸기도 했지만 대부분의 공간은 여러 가지 이유로 사용에 한계가 있었다. 그런데 그런 곳을 이번에 팬클럽협회에서 사용하기로 한 것이다.

"제법 짭짤하네."

"사람들이 잘 모를 뿐이지, 팬클럽의 규모는 생각보다 큽니다."

공식 팬클럽, 거기에다가 사단법인화해서 가수에 대한 일정 지분을 준다는 것은 팬으로서는 최고의 선물이라 수많은 사람들이 가입을 신청했다.

기본적으로는 테이블 네 개당 20만 원 선이었지만 대형 팬클럽은 몇 개씩 신청해야 했고 그 덕분에 그렇게 쥐고 있던 폐교나 비어 있는 사무실을 임대할 수가 있었다.

"대롱 좋으라고 하는 거 아닙니다."

"우리 좋으면 된 거지, 뭘. 하하하. 자네가 뭐 츤데레인가? 그런 말을 하게?"

"츤데레라는 말은 또 어디서 배우셨습니까?"

"그래도 팬클럽 문화는 10대 위주 문화 아닌가? 내가 좀 공부했지."

노형진은 고개를 끄덕거렸다.

'그래도 나름 존경스러운 사람이기는 하지.'

노형진은 사업가로서 그리고 사람으로서 유민택이 훌륭한 사람이라고 생각하고 있었다.

대부분 유민택의 나이쯤 되면 배우려는 것을 두려워하고

도리어 새로운 흐름을 모든 것을 자신들의 기준에 맞추려고 한다. 그런데 유민택은 그런 점이 없었다. 스스로 적응하려고 하고 거기서 배우려고 했다.

'그렇지 않았다면 대룡같이 거대한 기업을 만들지는 못했겠지.'

어찌 되었건 그는 여전히 그 성향을 가지고 있는 덕분에 지금도 왕성하게 활동하고 있었다.

"그래서 이제는 어쩔 건가?"

"사무실을 구했고 사람들 역시 구했으니 제대로 한번 해 봐야지요."

"그런데 이렇게 한다고 박멸될까?"

"될 겁니다. 그들은 팬들의 힘을 너무 만만하게 봤어요."

노형진은 미소를 지으면서 웃었다.

⚖️

얼마 후였다. 노형진에게는 드디어 기다리고 기다리던 소식이 들어왔다.

"약속이 잡혔다고요?"

"네."

지금까지 말로만 하라고 강제하던 강간수가 한미래에게 본격적으로 압력을 가하기 시작한 것이다.

좋게 말해서 본격적인 압력이지, 대놓고 말하면 약속 정하고 안 나가면 각오하라는 식으로 나왔다는 것이다.

"그래서 어떻게 하실 생각인가요?"

"안 갈 수는 없겠지요?"

"그렇겠지요."

"그럼 전……."

"걱정하지 마세요. 생각하는 그런 일은 벌어지지 않을 겁니다. 다만 소속사를 옮길 준비만 하시면 됩니다."

"소속사를요?"

"네."

"알겠습니다."

　노형진이 전화를 끊자 옆에 있던 김소라는 고개를 갸웃했다.

"차라리 언론에 터트리는 게 좋지 않아요?"

"언론이 믿을 만하다면요."

"안 그렇다는 건가요?"

"연예인이 뜨기 위해서 가장 도움을 줘야 하는 곳은 어디일까요?"

"아아."

　알겠다는 듯 고개를 끄덕거리는 김소라였다.

　연예인이 뜨기 위해서는 언론의 전폭적인 지지가 있어야 한다. 이는 즉, 로비 대상 중에는 상당수 언론인이 있다는 소리다.

"그런 녀석들이 언론을 통해서 이런 비리를 터트릴 리 없지요."

설사 인터넷에 터트린다고 해도 다른 것으로 덮어 버리는 것에 이골이 난 것이 언론인들이다.

"하긴 그러네요. 성 상납 문제가 한두 번 터진 것도 아니고."

그럼에도 불구하고 박멸되지 않고 지금까지 계속 같은 문제가 생기는 것은 그놈들이 순간적으로 지나가면 된다는 거라는 걸 알고 있다는 소리다.

"그러니까 이번에는 아예 정당한 권한을 가지고 와야지요."

"그나저나 의외군요. 소속사들이 그런 권한을 준다니."

"일단은 좋아 보이거든요."

재산권 행사를 할 수 없는 지분을 주고 그 대신 자금을 지원받는다? 아마도 소속사에서는 무척이나 군침이 흐르는 조건일 것이다.

"자, 그럼 우리의 본래 목적을 위해 움직여 볼까요?"

노형진은 미소를 지으면서 움직이기 시작했다.

"저 사람인가요?"

"그런가 보군요."

사전에 알아낸 정보와 일치하는 사람이 호텔 로비에 함께 있었다. 반대머리에 피둥피둥 오른 살. 그리고 기대에 찬 눈빛까지.

'저 사람이 모 방송국 예능국장이라 이거지?'

연예인에게 제일 중요한 것은 무엇일까? 실력?

아니다. 연예인에게 가장 중요한 것은 얼굴을 알리는 것이다. 그런 면에서 보면 가수가 가요 프로에서 한번 나가는 것보다 한 시간짜리 예능 프로에 나가는 것이 더 효과가 좋다.

당연히 요즘 방송국의 실세는 바로 예능국장이었다.

'올 때가 되었는데?'

저 녀석이 여기에 온 이유는 뻔하다. 그리고 그 기회를 놓칠 노형진이 아니었다.

"저기 오네요."

노형진과 김소라가 잠시 기다리는 사이 드디어 호텔의 문이 열리고 들어오는 사람. 한미래였다.

그녀의 얼굴에는 걱정하는 기색이 가득했다.

'아직 무슨 일이 벌어질지 모르니까.'

막는다고 했지만 자세한 이야기는 하지 않았다. 그런 상황에서 최악의 상황까지 오자 불안해할 수밖에 없었다.

'잠깐만 기다리라고요. 후후후.'

상황을 정확하게 하기 위해서는 명확한 증거가 필요했다. 노형진은 그걸 위해 조금의 불편함을 참아야 했다.

'조금만 더……'

노형진이 기다리는 사이 드디어 만난 두 사람.

"아이구, 예쁘네."

예능국장은 한미래를 보면서 음흉한 미소를 지었다.

"얘가 몸매 하나는 끝내줍니다. 헤헤헤."

강간수는 포주나 할 만한 말을 하면서 그에게 굽실거리자 예능국장은 마음이 급해졌다.

"자, 어서 가자고. 내가 바쁜 몸이라서 말이야."

"그럼요. 바쁘신 분이지요. 어이, 잘 모셔."

"사장님……."

"퐉. 내 말대로 안 해? 같이 죽자는 거야?"

움찔하는 한미래.

"거봐, 강 사장. 그렇게 겁주면 애가 제대로 하겠어?"

"죄송합니다. 헤헤헤."

강간수가 비굴한 미소를 보이고 예능국장은 한미래를 데리고 올라갈 생각으로 그녀를 잡아끌었다.

"자, 올라가세."

그렇게 그녀의 손을 강제로 잡는 순간 갑자기 카메라 플래시가 터져 나오면서 그들의 주의를 끌었다.

"뭐야!"

"멈춰!"

그들은 직감적으로 일이 틀어졌다고 생각했다. 이 순간에 카메라 플래시가 터지는 것은 단 한 가지 경우밖에 없기 때문이다.

"이런 이런, 증거 잘 챙겨 갑니다!"

노형진은 숨어 있다가 벌떡 일어나서 카메라를 들고 입구 쪽으로 뛰기 시작했다.

"잡아!"

"막아!"

그들은 다급하게 소리쳤고, 직원 중 몇몇은 그런 노형진을 잡으러 가기 위해서 내달렸지만 실패할 수밖에 없었다.

"막아!"

노형진과 함께 와 있던 경호 팀이 일어나서 그들을 막아선 것이다.

"강 사장, 나중에 보자고요."

노형진은 웃으면서 그곳을 떠났고, 강간수는 이를 빠드득 가는 수밖에 없었다.

⚖

"뭐래요?"

"국장은 그곳을 허둥지둥 떠났다고 하더군요."

"강간수는?"

"이쪽으로 죽어라 오고 있답니다."

"그렇겠지."

자신은 목적이 있었다. 그렇기 때문에 사진을 찍고 모습을 드러낸 것이다. 어차피 이런 사진을 언론에 줘 봐야 그들은 끼리끼리 감추고 은폐할 게 뻔하니까.

"자, 그럼 미리 준비하고……."

몇 가지를 세팅하고 나자 문을 박차고 들어오는 강간수.

"요."

"요? 요? 지금 그 말이 나와, 이 개새끼야!"

"내가 뭘 그랬다고 그렇습니까?"

"뭘 그랬다고? 이 새끼야, 사진 안 내놔?"

"무슨 사진요?"

"아까 호텔에서 찍은 거!"

노형진은 피식 웃었다.

"아까 호텔에서 성 접대하려고 했던 거 말인가요? 그걸 왜 줘야 하지요? 난 나름대로 필요해서 찍은 건데?"

"이 새끼가 증말 미쳤나? 국장님이 얼마나 화내고 갔는지 알아!"

국장은 노발대발하면서 강간수의 얼굴을 후려치고 그곳을 떠났다. 그 증거로 그의 한쪽 얼굴은 붉은색으로 번들거리고 있었다.

"싫은데요?"

"너 이 새끼, 뒈지고 싶어?"

"글쎄요. 현행법을 위반한 건 당신 아닌가요? 난 이걸 언론사에 넘길 건데요?"

"언론사? 훗."

강간수의 얼굴이 어이없다는 미소가 떠올랐다.

"고작 그걸 가지고 언론사가 움직일 것 같아?"

"뭐라고요?"

"이거, 유명한 변호사라고 하더니 완전 허당이네. 이 새끼야, 이 바닥은 다 알고 지내는 바닥이야. 네가 그거 가지고 간다고 언론사에서 뿌려 줄 것 같아? 안 뿌려, 인마."

"그…… 그런……."

노형진은 어이가 없다는 듯 입을 쩍 벌렸다.

"그럴 리 없습니다."

"없기는 개뿔. 그러니까 잔말 말고 그거 내놔."

"안 됩니다. 이건 증거예요!"

"증거 같은 소리하고 자빠졌네. 사람들이 알 수 있어야 증거지, 아무것도 모르는데 증거가 되겠냐?"

"웃기는 소리. 어떻게든 알릴 겁니다."

"웃기네. 국장님한테 접대하는 여자 보낸 게 어디 한두 번인 줄 알아? 이 바닥은 다 그래. 방송국 국장쯤 되면 하루에 한두 명쯤 품는 건 일도 아니야. 그 국장님도 한두 번 만난 게 아닌데 그걸 알린다고 누가 세상에 알려 주겠냐? 아무도 안 알아줘."

노형진은 마치 어이가 없다는 듯 멍하니 서 있다가 슬며시 미소를 떠올렸다.

"그렇군요. 감사합니다. 훌륭한 증언이네요."

"훌륭한 증언?"

"네."

그 말과 동시에 한쪽 구석에 있는 문이 열리면서 사람들이 들어왔다. 그들은 얼굴이 딱딱하게 굳어 있었다.

하지만 그들을 본 강간수는 얼굴이 더욱 굳을 수밖에 없었다.

"너희들은……."

"전에 인사한 적 있지요? 한미래 씨 팬클럽입니다."

현재 한미래 팬클럽의 수는 대략 이백 명 정도.

그들은 조금씩 돈을 모아서 한미래를 지원했고 그 대신 일정 부분의 한미래에 대한 지분을 가지고 있었다.

"크윽……."

"당신 덕분에 이분들이 충분히 싸울 만한 기분이 드는 모양이네요."

조용히 바라보던 강간수는 큰소리로 웃기 시작했다.

"푸하하하, 싸워? 싸운다고? 장난해? 너희들이 가진 지분? 고작 그 가수에 대한 10%의 지분? 그거 가지고 뭘 어쩌려고? 그 지분을 가지고 뭐 어쩔 건데? 돈 달라고 할래? 그건 돈도 안 되는 지분 아냐? 말이 지분이라고 하지, 그냥 돈 퍼 준 거잖아? 그런데 싸워? 뭐, 지분 싸움으로 날 쫓아내기라도 하겠다는 거냐?"

노형진은 그런 그를 보면서 씩 웃었다.

"아니요. 당신 말마따나 이건 재산권이 없는 지분입니다. 당연히 돈을 줄 필요도 없지요. 심지어 손해배상을 할 이유도 없지요."

사실 노형진이 지분이라고 표현하기는 했지만 그 설명도 애매하기는 했다. 돈도 아니고 그렇다고 운영할 수 있는 권한도 아니다. 굳이 표현하자면 한미래라는 가수에 대한 성명 사용권 정도라고 볼 수 있었다.

"하지만 그다음 일은 기다려 보면 알 겁니다."

노형진은 강간수를 보면서 씩 웃었다.

"감사…… 청구라니……."

강간수는 정신이 나간 듯한 얼굴이었다.

지분에 재산적 권한이 없는 것은 사실이다. 하지만 한미래에 대한 지원을 위한 사단법인이 있었고, 그건 생각지도 못한 방식으로 그를 파멸로 몰고 가기 시작했다.

"친애하는 재판장님."

노형진이 신청한 것은 다름 아닌 감사 청구였던 것이다.

"원고들은 가수인 한미래 씨의 사단법인 팬클럽으로서 그녀의 지원을 위해서 활동하는 자들입니다. 그들은 정당하게 소속사로부터 가수 활동에 대한 10%의 지분을 받았으니 그게 설사 금전적 이득이 없는 명목상의 지분이라 할지라도 팬클럽으로서 해당 가수의 이름과 명성을 지킬 수 있는 권한을 가지고 있다고 볼 수 있습니다."

노형진이 설명하고 있을 때 강간수는 말도 하지 못한 채로 전전긍긍하고 있었다.

"뭐라고 해 봐."

"어……."

심지어 강간수 측 변호인조차도 이번 사태에 대해서 이해를 못하고 있는 중이었다.

"글쎄요……. 지분이기는 한데…… 수익률 같은 것에 대해서는 권한이 없는 지분이라니……."

돈은 안 줘도 되는 지분이라는 것은 처음 들어 본 강간수의 변호인은 아예 변론의 방향을 잡지 못하고 있었다.

"피고 측 변호인, 하실 말씀 있습니까?"

"에…… 재판장님. 이 사건에서 피고 측은 손해 본 것이 없습니다. 이 지분은 재산적인 권한을 인정하는 것이 아니고 단순히 팬클럽에 대한 일종의 팬 서비스입니다. 금전적 목적이 없는 지분인 만큼 그에 대한 손해배상을 요구할 권한이 없습니다."

노형진은 기가 막혔다.

'아직도 그 소리냐? 거참.'

그들은 손해배상을 요구한 것이 아니다. 그러나 상대방 변호사는 도무지 막을 방법이 없어 보이자 그런 말을 하면서 최대한 시간을 끌 생각인 듯했다.

'쯧쯧, 아무리 그래도 그렇지, 제대로 된 변호사를 고용할 것이지.'

급한 마음에 제대로 된 변호사를 고용하지 못한 모양이다. 당장 오늘 판결이 나올 예정이니까.

"재판장님, 원고 측이 요구하는 것은 금전적 손해배상이 아닙니다. 이번 사건에서 보다시피 피고는 원고를 이용하여 실질적으로 성매매를 하려고 하였습니다."

"성매매가 아닙니다!"

강간수는 일어나서 소리를 질렀다. 하지만 그게 실수였다.

"그럼 이건 성 상납이 맞네요?"

"크윽……."

성매매를 인정하면 포주가 되고 처벌받는다. 성 상납을 인정하면 그것도 처벌받는다. 노형진의 절묘한 말장난에 함정에 빠진 것이다.

"피해자는 명백하게 자신이 만남의 의사가 없었다는 점을 확인해 줬습니다."

"끄응……."

빼도 박도 못하게 된 상황에서 강간수는 뒤룩뒤룩 눈동자를 사방으로 굴릴 뿐이었다.

"인간에 대한 지분이라…… 이거참……."

재판관은 곤란한 얼굴이 되었다.

지금까지 지분이라는 것은 재산에 대해서만 인정되던 것이었다. 하지만 애초에 사단법인이 한미래의 지원을 위해서 만들어졌고 양측 동의하에 지분을 나눈 만큼 무조건 불법이라고 할 수도 없다.

"재판장님, 인간은 물건이 아닙니다. 그 사람에 대해서 지분을 나누고 그걸 이용하여 권한을 행사하는 것은 사람을 노예로 사용하는 전 근대적인 방식에서나 가능한 발상입니다."

애써 사건을 다시 분석하고 반격하는 피고 측 변호사.

'그게 너희들이 할 말이냐?'

노형진은 그들의 변명에 기가 막혔다.

성 상납을 한다는 것은 실질적으로 그녀를 성 노예로 본다는 것과 일맥상통한 것이다. 그런데 그런 짓을 한 놈이 인권을 주장하고 있다.

'이건 완전히 강간범이 동성애자 욕하는 꼴이군.'

동성애자는 타인에게 피해를 주지 않는다. 그런데 강간으로 피해를 준 녀석들이 그들을 욕하는 꼴이니 노형진은 어이가 없었다.

"맞습니다. 그 부분은 인정합니다. 인간에 대한 지분이라는 것은 용납해서도 안 되고 용납될 수도 없습니다. 여기서 말하는 지분이란 해당 가수의 스타성입니다. 스타가 활동하는 내역에 대해서 어떻게 반응하고 어떻게 움직이는지에 관한 것입니다. 그들은 해당 가수에게 투자했고 금전적 지분을 포기했을지언정 그 가수가 합당하게 활동하는지 확인할 수 있는 부분은 포기하지 않았습니다. 즉, 그들은 해당 가수의 주주로서 이상 현상이 발생한 경우 감사를 청구할 권한이 있는 것입니다."

"음......."

기획사들은 단순히 돈을 안 줘도 된다는 사실에 열광했지만 주주로서 당연히 감사 청구권을 가진다. 더군다나 범죄에 대한 명확한 증거가 있는 상황에서는 주주들이 신청하면 감사를 하지 않을 수가 없다.

"그건 돈은 전혀 되지 않는......."

"맞습니다. 돈은 달라고 한 적 없습니다. 그러나 우리가 감사 청구권과 내부 감시의 권한까지 포기한 것은 아닙니다."

상대방은 노형진의 공격에 아연실색할 수밖에 없었다.

'젠장......'

이건 도무지 방법이 없어 보였다. 분명 투자받았으니까.

"판결하겠습니다."

양측 변호사가 마지막 말을 하고 나자 판사는 바로 판결하기로 했다. 특이한 경우지만 여러 가지 사정으로 빠르게 판결을 해야 하는 경우에는 가끔 이렇게 하기도 한다.

물론 사전에 충분한 증거와 증언은 들어가 있었다.

"이번 사건에서 인간에 대한 지분이라는 것은 인정되지 않는다고 볼 수 있다."

"나이스!"

"만세!"

먼저 번쩍 일어나서 환호성을 부르는 강간수와 변호사.

하지만 재판관은 망치를 두들기면서 그들을 조용하게 했다.

"피고 측, 조용하세요!"

"네."

"이겼어! 나이스!"

그들은 이겼다는 생각에 입이 헤벌쭉해진 상태였다. 하지만 다음 말을 들을수록 얼굴이 점점 변해 가기 시작했다.

"그러나 일반적으로 연예인이라는 직업상 그의 활동인 공적인 활동이라 볼 수 있다. 연예인은 일반적으로 대중에 대한 이미지 등을 이용하여 경제활동을 하는 존재이므로 그 활동을 하는 내역 안에서는 하나의 경제주체로 볼 수 있다. 그러한 연예인에 대하여 제3자가 일부 지분을 받는 조건으로 투자한 경우 인간으로서의 지분은 인정되지 않으나 경제적 활동 주체로서의 지분에 대해서는 인정한다고 볼 수 있다. 또한 원고 측은 지분에 대한 투자 조건으로 연예인들의 상품 같은 것에 대한 사업권을 받았고 그 이미지를 보호해야 하는 인물이라 할 수 있다. 공식적 팬클럽이라는 점과 또한 사업의 주체에 대한 대상이라는 점에서 만일 피고 측이 해당 연

예인의 이미지에 경제적 타격을 주는 행위를 했다는 명확한
증거가 있다면 원고 측의 고발은 정당하다고 할 수 있다."

재판부의 말을 정리하자면 인간으로서 가수에 대한 지분
은 인정하지 못하지만 공인으로서 활동하는 것에 대해서는
감사 청구를 할 수 있다는 것이다.

"안 돼!"

강간수는 비명을 질렀지만 그렇다고 노형진의 얼굴이 피
어오르는 미소를 막을 수는 없었다.

⚖️

"감시 권한이라……. 이건 생각도 못 했는데요?"

김소라는 대단하다는 듯 탄성을 질렀다.

처음에는 왜 소속사에 돈을 주나 싶었다. 하지만 그 대신 받
은 깡통 주식은 감시 권한이라는 카드가 숨어 있었던 것이다.

"이제는 저들은 감사받아야 하지요. 그렇게 되면 성 상납
을 강요한 증거가 나올 테고 그러면 가수 쪽은 정당하게 계
약 해지를 요구할 수 있게 됩니다."

"그런 건 전혀 생각도 못 했네요."

"뭐, 일종의 꼼수죠."

지금까지 팬이나 팬클럽은 단순히 상징적인 존재이거나
그저 돈을 토해 내는 호구에 지나지 않았다. 하지만 기업의

입장에서는 감사할 수 있는 일종의 주주가 된 것이다.

"그런데 그건 어디까지나 소속사가 지분을 일부 줘야 하는 거 아닌가요?"

"그렇지요."

"그럼 안 준다고 하면 방법이 없겠네요."

"맞습니다."

"그럼 이번에 말고 더 쓸 수 있을지……."

김소라는 걱정스럽게 말했다. 아무리 생각해도 지분을 가지고 있으면 감사의 대상이 된다는 것을 안 소속사가 지분을 줄 거라고는 생각하기 힘들었기 때문이다.

하지만 노형진은 그에 대해서도 생각해 둔 것이 있었다.

"정상적이지 않은 곳은 그렇지요."

"정상적이지 않은 곳?"

"네, 생각해 보세요. 가수를 데리고 있는데 실질적으로 운영권도 못 빼앗고 돈을 줄 필요도 없이 운영비를 지원받는 게 이 지분 제도입니다. 사실상 소속사의 입장에서는 적지 않은 돈을 버는 셈이죠. 그런데 기업이 굳이 그렇게 하지 않으려 한다면 사람들이 어떻게 볼까요?"

"아!"

그런 기업은 당연히 감사에 걸리면 곤란해지는 일을 하는 소속사나 연예 기획사일 수밖에 없다.

더군다나 막 뜨는 상황에서는 돈은 엄청나게 들어가는데

들어오는 돈은 작아서 그런 지원이 절실한 것이 현실이다.

"그럼 사람들이 그들을 곱게 볼까요?"

"아니군요."

분명 색안경을 끼고 볼 것이다. 당연히 그곳에서 데뷔하는 연예인들은 몸 팔아서 떴다는 오명에서 벗어날 수가 없다.

"그러면 결국은 뜨기 힘들어질 겁니다. 설사 뜬다고 해도 그 소문이 끝까지 따라다닐 테니 아무래도 오래 버티지는 못하겠지요."

"그러네요."

그런 곳은 재능 있는 연습생들이나 지망생들이 들어가려 하지는 않을 것이다. 그런 곳은 결국 도태되어 가기 마련이다.

"그리고 이번 사태 이후에 대룡에서 미리 준비를 좀 하기로 했거든요."

"대룡에서요?"

"대룡도 이렇게 자신들의 통제에서 벗어나는 놈들이 좋지는 않을 테니까요."

아무리 평등한 협동조합이라고 할지라도 사회적으로 보면 대룡은 일반적인 연예 기획사들의 입장에서는 절대적인 갑이라고 볼 수 있다. 그러니 그런 짓을 하는 녀석들을 말려 죽이는 것은 일도 아니다.

"과연 그런 기업이 살아남을까요?"

가수들의 실력은 떨어지고 사람들은 그곳에서 나온다고

하면 몸 팔고 나온다고 색안경을 낄 것이다. 그런 상황에서 대룡이 연습실 사용이나 공연 등에서 온갖 불이익을 준다면 그곳은 버틸 수가 없을 것이다.

"좋은 일이기는 한데, 그럴 거라면 아예 그냥 일반 지분을 요구하지 그랬어요."

그랬다면 방송국이나 권력자에게 돈으로 뇌물을 주는 것까지 막을 수 있을 것이다. 하지만 노형진은 고개를 흔들었다.

"그럴 이유가 없지요. 그들이 돈을 주는 것은 그들의 손해입니다. 가수나 팬의 손해가 아니죠. 결국 그것 역시 사업의 일부입니다. 다른 건 몰라도 아직까지 대한민국에서는 그게 현실이지요."

"음……."

"그리고 그런 기업 전체에 대한 지분을 달라고 하면 과연 그들이 주려 했을까요?"

"주지는 않겠군요."

"네."

이번 작전 역시 그런 것에 대해서 잘 모르니까 그 지분이 어떤 효과를 가지고 올지 모르니까 줘서 가능했던 거지, 사실대로 말했다면 아마 상대방은 절대로 주지는 않았을 것이다.

"결국 대룡이 이걸 이끄는 이상 그건 대대적인 흐름이 될 겁니다."

부패한 자들은 절대로 성공할 수 없다. 하지만 바르고 성실

한 자들은 지분을 좀 더 주더라도 지원받으려고 할 것이다.

결과적으로 그동안 양아치 짓을 하던 녀석들은 이런 시스템 안에서는 살아남을 수 없게 된다.

'일단은 말이지.'

노형진의 걱정은 그것이었다. 아무리 노력해도 그건 어디까지나 법적인 한계 내에서다. 그런데 상대방은 법을 계속 위반한다. 지금도 방법을 찾았지만 저들은 다른 방법을 찾아낼지도 모른다.

'그래, 그건 이제 걱정하지 말자. 더 이상 해 봐야 의미도 없고.'

그때의 문제는 그때 가서 해결하면 된다. 미리 걱정해 봐야 바뀌는 것은 없다.

"하지만 아직 문제가 하나 남았잖아요?"

"문제?"

"국장요."

"아."

노형진은 피식 웃었다.

'하긴 문제라면 문제이기는 하지.'

강간수는 형사처벌을 피할 수 없다. 설사 피한다고 해도 명백하게 불법 행위를 한 이상 이를 핑계로 한미래가 계약 해지를 요구하면 어쩔 수 없이 해지해야 하는 것이 현실이다. 그런 상황에서 그가 할 수 있는 것은 없다.

이미 강간수와 세력을 맺었던 수많은 비정상적인 연예 기획사들이 정리되고 그곳에 있던 사람들이 나오고 있는 상황이기 때문에 힘으로 막을 수도 없다. 남은 것은 단 한 명뿐.

"국장이 원한을 가지지 않을 거라고는 보기 힘든데요?"

"그렇겠지요."

"그러면 한미래 씨의 미래가 밝지는 않을 텐데."

한미래뿐만 아니라 한미래가 속한 연예 기획사에 속한 사람들에게 다 피해를 주려고 할 것이다. 이 바닥이 원래 그러니까.

"그 부분은 걱정하지 마세요. 제가 알아서 하지요."

노형진은 미소를 지으면서 웃었다.

⚖️

"반갑습니다. 노형진 변호사라고 합니다."

"이제 와서 나한테 빌려고 왔나? 이미 늦었네! 내가 누군 줄 알고!"

노형진이 찾아가자 대노하면서 길길이 날뛰는 국장.

그는 자신에게 찾아온 기회를 날려 버리고 심적으로 고통받게 만든 그를 용서해 줄 생각이 없었다.

"용서라니요. 그럴 리가요. 우리가 잘못한 게 없는 게 왜 우리가 용서를 빕니까?"

"뭐라고? 이 새파랗게 어린 것이 아직도 정신을 못 차리고!"

"전 새파랗게 어리기는 하지요. 하지만 제법 능력은 있거든요."

노형진이 빙긋 웃으면서 말하자 국장은 말 그대로 머리끝까지 분노가 치밀어 오르기 시작했다.

자신이 누군가? 예능국 국장이다. 말만 하면 여자 연예인들이 다들 달려와서 다리를 벌려야 하는 자리에 있는 사람이다.

"야, 이 새끼야! 미쳤어? 죽으려고 환장했어? 너희 한번 방송 금지 먹고 싶어!"

자신이 실세인 만큼 자신이 조금만 힘을 쓰면 한미래와 그가 속한 기획사의 애들은 충분히 막을 수 있다. 아니, 그렇게 생각했다. 하지만 노형진 앞에서는 말 그대로 가소로운 애들 장난일 뿐이었다.

"한미래 씨에 대한 원한을 가지고 가 봐야 당신이 좋을 게 없는데요?"

"뭐야?"

노형진은 이런 사람은 좋게 말해 봐야 아무 의미도 없다는 것을 충분히 알고 있었다. 이들은 한평생을 살아오면서 밟으면서 올라온 사람들이다. 좋게 말하면 그게 상대방이 만만하다고 생각한다.

'이런 녀석을 입 닥치게 하려면 제일 좋은 건 밟는 거지.'

자신이 밟았던 것처럼 밟히는 것. 이들에게는 제일 좋은 방법이었다.

"한미래 씨가 속한 회사가 어딘지나 아세요?"

"알 게 뭐야!"

어디에 속해 있든 한미래를 밟는 것은 어려운 것이 아니라고 그는 생각했다. 하지만 그는 다음 순간 얼굴이 딱딱하게 굳었다.

"대룡입니다. 대룡그룹에서 만든 대룡엔터테인먼트지요. 그쪽 소속 연예인들을 출연 금지시키면 대룡에서 좋아하지 않을 텐데요?"

"……."

방송국을 유지하는 데에는 돈이 든다. 그리고 그 돈을 지불하는 것은 대기업이다.

하물며 대룡은 요즘 공격적으로 광고하는 곳이다. 그런데 그런 식으로 제재를 가하면 대룡에서 광고를 뺄 테니 위에서 좋아할 리 없다.

자신이 방송국에서 왕이지만, 대룡은 세상에서 왕을 노리는 곳이다.

"그리고 저도 좋아하지 않구요."

"뭐라고?"

발끈하는 국장이었다.

대룡이야 알겠지만 고작 새파란 애송이가 자신이 언짢다는 말을 하다니 기가 막힌 것이다. 하지만 노형진은 그 말을 대룡의 백을 가지고 한 것이 아니었다.

"뭐, 불이익을 주시려면 주세요. 하지만 그렇게 하면 전 지금까지 모은 증거를 가지고 댁을 방문할 겁니다."

"뭐라고? 우리 집에 너 같은 새끼가 왜 오는데!"

"글쎄요. 와이프분이 관심을 가지실 것 같아서요."

입을 쩍 벌리는 국장이었다. 와이프 이야기가 나올 거라고는 생각도 못 했던 것이다.

"저희 회사에 말이죠, 이혼 전문 팀이 있지요. 요즘은 이혼이 돈이 좀 되거든요. 특히 약점을 가지고 있는 경우에는 상대방을 거의 거덜 나게 해서 쫓아내는 경우도 적지 않은 것 같던데요? 과실 책임이 클수록 재산 분할에서 더 많이 빼앗기시는 건 아시죠?"

국장의 입은 점점 커져가고 있었다.

"그러고 보니 아드님이 어떤 가수 팬질하지 않습니까? 그런데 만일 아드님이 자신이 우상으로 삼는 가수를 아버지가 강간했다고 하면 뭐라고 생각할까요? 아, 이거 강간 맞아요. 위력에 의한 강간. 아드님이 아버지를 자랑스러워하려나?"

"너…… 너…… 그거 협박이야! 범죄라고!"

"협박이라니요. 무슨 말씀을 그렇게 하십니까? 전 협박하는 게 아니라 지금부터 일어날 일을 법적인 관점에서 설명해 드리는 것뿐입니다. 그건 상대방 변호사의 입장에서 의례적으로 하는 일이지요. 협박이라니요. 그런 말씀 하시다가는 무고로 잡혀가십니다."

"······."

노형진의 말에 아무런 대꾸도 하지 못하는 국장이었다.

그렇게 되면 자신은 모든 것을 잃어버린다. 회사에서는 대룡을 건드렸으니 잘릴 테고, 집에서는 한 푼도 받지 못하고 위자료로 전 재산을 뜯기고 길바닥에 나앉을 것이다. 그리고 아들은 자신을 보려 하지 않을 것이다.

"전 그럼 먼저 댁으로 가 있겠습니다."

"자······ 잠깐······! 기다려 주게!"

"기다릴 이유가 있나요?"

노형진이 차갑게 말하자 그는 아무런 말도 할 수가 없었다. 기다릴 이유 따위는 없었던 것이다.

"아까 말씀드렸다시피 이건 협박이 아닙니다. 협박은 그런 일을 벌여서 피해를 주겠다고 하는 것인데, 이건 지금부터 일어나는 일을 예고하고 법적인 준비를 하도록 조언드린 것이니 협박이 아니지요."

즉, 지금부터 진짜로 이 모든 것을 행하겠다는 뜻이었다.

"전 이만."

"기다려 주게!"

노형진이 일어나자 그에게 매달리는 국장.

"한 번만······ 제발 한 번만 용서 해 주게."

"어허, 이러지 마시라니까요."

"다시는 안 그러겠네. 내 최선을 다할 테니…….."

"아까도 말씀드렸다시피 제가 이걸 진행하지 않으면 협박한 꼴이 되어서요. 죄송합니다. 제 자존심 때문에라도 진행해야겠습니다."

노형진이 뿌리치고 나오자 튀어나와서 그에게 매달리는 국장.

"내가 생각이 짧았네! 협박이라니! 이놈의 주둥이가 문제일세!"

자신의 뺨을 찰싹 소리가 나게 때리는 국장.

그러자 바깥에 있던 직원들이 그걸 보고 입이 쩍 벌어졌다.

"국장님?"

하지만 국장은 그들에게 신경 쓸 틈이 없었다.

"내가 자네에게 사과하지. 그 아가씨에게도 사과하겠네. 한 번만…….."

"전 협박으로 고소당하기 싫어서 진행해야 합니다."

"신고 안 하겠네. 협박이라니. 자네는 법적인 조언을 해준 것뿐이잖은가…….."

노형진에게 눈물을 좍좍 흘리는 국장을 보면서 입꼬리가 슬슬 올라가는 것을 애써 꾹 참았다.

"전 맞습니다. 조언해 드린 거죠. 그리고 그건 지금부터 벌어질 일에 대한 조언이지요."

"벌어질 수 있는 일이지 않은가? 한 번만…… 제발 한 번만 용서해 주게!"

그걸 보면서 직원들은 입을 쩍 벌렸다.

그가 누군가? 방송국의 실세 중 하나인 예능국장이다. 그런 그가 지금 정체 모를 청년에게 용서를 빌면서 매달리고 있었다.

"내 자네를 위해서 최선을 다하겠네. 자네 사람들을 위해서도 말이야."

노형진은 슬며시 발을 멈췄다.

"뭐, 그렇게 말씀하시니 한번 시간을 늦춰 보겠습니다."

"늦추다니? 아니, 아니…… 그것만 해도 감사하네."

늦추겠다는 것은 네가 하는 걸 봐서 용서해 주겠다는 뜻이다. 그리고 국장은 그 기회를 잡을 수밖에 없었다.

⚖️

"기가 막히는구만."

유민택은 노형진이 벌인 일에 어이가 없어서 고개를 흔들었다.

"수십 년간 내려오던 일을 그렇게 한꺼번에 없애나?"

"누차 말하지만 이런 악습은 못 없애는 게 아니라 안 없애는 겁니다."

어차피 경찰서에 신고해 봐야 끼리끼리 뭉친다고, 둘 다

로비 대상이니 제대로 처벌받을 리 없다.

"하지만 가정은 다르죠."

사람들은 범죄가 벌어지면 가족에게 알려 줄 거라 생각한다. 그건 끼리끼리 안 뭉쳤을 때의 이야기다. 이렇게 뭉쳐 있으면 아내나 아이들의 귀에 절대 이야기가 안 들어간다.

"하지만 그걸 가지고 이혼하러 가면 이야기가 달라집니다."

아내에게 이혼당할 수밖에 없는데, 이 경우에는 자신에게 귀책사유가 있기 때문에 재산을 다 빼앗길 수밖에 없다.

심지어 양육권도 빼앗길 수밖에 없다. 기본적으로 남자가 위력에 의한 강간을 한 강간범이기 때문이다.

"결과적으로 가정은 날아가지요."

아무리 많은 여자를 만나도, 접대를 받아도 부서진 가정을 복구할 수는 없다.

"그래서 죄다 몸을 사리는 거구만."

"네."

그 일이 주변에 소문이 돌기 시작하자 성 접대를 요구하는 소리가 싹 사라졌다. 대룡과 새론이 과거처럼 경찰 신고가 아니라 이혼으로 방향을 잡고 개인적인 복수 쪽으로 전환하자 다들 혹시나 이혼당하고 무일푼으로 쫓겨날까 봐 조용해진 것이다.

"뭐, 당분간은 조용할 겁니다."

유민택은 고개를 끄덕거렸다.

"그렇겠지. 하여간 우리는 전혀 생각도 못 했네."

가정을 파탄 낸다는 것. 그건 생각도 못 할 방법이었다.

"기획 소송의 좋은 점이죠. 후후후."

노형진이 웃는 사이 두 사람이 타고 있던 자동차는 멈췄다.

"회장님, 도착했습니다."

"자, 그럼 들어갈까?"

"같이 가시자고 해서 왔습니다만 도대체 여기는 왜 온 겁니까?"

무척이나 비싸 보이는 요리 집이었기 때문에 노형진은 고개를 갸웃했다. 자신이 이런 쪽으로 취미가 없다는 걸 모르는 유민택이 아니었기 때문이다.

"아, 별거 아닐세. 소속사에 있는 아이들과의 식사 시간을 좀 잡아 봤네."

"아이들? 연예인들 말입니까?"

"연예인들뿐만 아니라 연습생까지 말이야. 며느리한테 이야기했더니 일단 독대를 한두 번만 해 주는 것만으로도 도움이 될 거라고 하더군."

"소영이 누나가요?"

"그래."

강소영은 유민택의 하나뿐인 며느리이자 하나뿐인 손자의 어머니이다. 어쩌다 아들이 사고를 쳐서 만났다고 하지만 실질적으로 유일한 대룡의 계승자로서 상당한 지위를 가지고 있었다.

'하긴, 소영이 누나가 멍청하지는 않지.'

강소영은 멍청한 여자가 아니다. 비록 소위 말하는 부잣집 아가씨는 아니지만 그렇기 때문에 아래에서 벌어지는 일에 대해서는 유민택보다 훨씬 더 잘 알고 감각적으로 대처한다.

"이게 무슨 효과가 있는지는 모르지만."

"확실히 효과가 있을 겁니다."

유민택은 이게 무슨 효과가 있나 싶지만 유민택이 1년에 한 번이라도 그들과 독대한다는 것은 아래에서 봐서는 자신들이 그들에게 부당한 요구를 한 것이 회장에게 들어갈 가능성이 높다는 뜻이기도 하다. 그렇다면 누구도 그들에게 부당한 요구를 하기 힘들어진다. 괜히 쓸데없는 욕심을 냈다가는 자신의 인생이 끝날 테니까.

'머리 좋네, 누나.'

그걸 알고 식사라도 한번 같이하라고 한 것이 틀림없다.

"그런데 독대 자리에 왜 절 부르신 겁니까?"

"아, 자네를 만나 보고 싶어 하는 사람이 있어서 말이지."

"저를요?"

노형진은 고개를 갸웃했다. 자신이 법적으로 유명하다고 하지만 그렇다고 연예인들이 알 정도는 아니라고 생각했기 때문이다.

"회장님 들어오십니다."

노형진이 유민택과 함께 들어가자 비서가 소리를 질렀고 기다리고 있던 사람들이 우르르 일어났다. 얼마나 사람이 많은지 그 넓은 방이 꽉 차 있었다.

　하긴 소속 연예인 중 스케줄이 없는 사람들과 연습생까지 다 와 있었으니 족히 백 명은 넘었을 것이다.

　"자자, 다들 앉아요. 반갑습니다."

　유민택이 그들에게 말하는 사이 노형진은 입을 쩍 벌렸다. 그리고 유민택은 지금까지 자신을 놀라게 하기만 했던 노형진을 놀려 먹었다는 승리의 미소를 지으면서 씩 웃었다.

　"자네도 앉게나."

　"아…… 네…… 네……. 근데 왜…… 저분들이 여기에?"

　아무리 숫자가 많아도 아무리 따로 있다고 해도 어찌 덕질을 하는 사람이 자신이 덕질 하는 가수를 모르겠는가?

　"탑코어 말인가?"

　"네. 아니, 왜 여기에 있는 겁니까?"

　탑코어는 노형진이 덕질 하는 가수다. 당연히 소속사들도 알고 있다. 그들은 몇 개의 소형 소속사들이 뭉쳐서 만든 그룹이다. 그런데 왜 여기 있단 말인가?

　"이번에 권한을 넘겨받았지."

　"권한을요?"

　"그래."

　탑코어는 세 명이었다. 그들이 속한 기획사 중 두 곳이 이

번 사태로 핀치에 몰리면서 결국 폐업을 결정하자 유민택이
싼 가격에 권한을 넘겨받은 것이다. 당연히 남은 한 곳은 간
땡이가 부어 있지 않은 이상에야 유민택과의 만남 자리에 안
보낼 리 없다.

"인사들 하게. 이쪽은 노형진이라고 아마 자네들 덕질한
다고 하더군? 덕질? 응? 맞나?"

"맞습니다."

하지만 노형진은 이미 입이 귀에 걸려서 찢어질 듯 벌어지
고 있었다.

'어쩌면 저게 노형진의 나이에 맞는 모습인데 말이야.'

왠지 유민택의 입가에 미소가 피어오르고 있었다.

다음 권으로 이어집니다